新 潮 文 庫

恋に焦がれて吉田の上京

朝倉かすみ著

恋に焦がれて吉田の上京／目次

恋に焦がれて吉田の上京

金き︎ん

瓜う︎り

わたしは影が薄いらしい。

高橋さんの個人的な見解ではなかった。

星野さんも沢渡《さわたり》さんも井上さんも賛同したので、事務所の総意といった空気がたちどころに形成された。

事務所にはほかに関口さんと足立《あだち》さんがいる。両者ともまだ出勤していなかったので、あとふたりいるではないか、とわたしはちらと思ったのだが、かのじょたちの意見を聞いたところで状況に変化が起こるとは考えられなかった。

影が薄いと、めんとむかっていわれたのは初めてだ。しかも出し抜けだった。

「これは、どうなんだろう」

「どうなんだろうっていわれても」

おにぎりを手に持ったまま、みっちゃんが首をひねった。

わたしとみっちゃんはバルコニーに出ておにぎりをたべている。その前は部屋でビールをのんでいた。六月の金曜の夜である。たっちゃん、いるかい？　と隣室に住むいとこのみっちゃんがビールを持参して顔を見せたのは十時くらいだった。

「たっちゃんの影は」

金瓜《きんうり》みたいな色をした細い月を見上げて、みっちゃんがさっぱりといった。

「ふつうだと思うよ」

「そうか？」

「そりゃ濃いほうじゃないけどさ」

うん、濃くはないな、とつぶやくみっちゃんの視線を追って、わたしはイチョウ並木から都電の踏切に目を移した。おにぎりをひとくち、たべる。三ノ輪橋方面の最終が行ったので、遮断桿《しゃだんかん》は上がったままだ。おにぎりをまたひとくち。マンション三階からのながめだから、たいしたものではない。交通量の多い道路端なので、空気もたぶんそんなによくない。だが、わたしは目の下のこの広い道路が明治通りだと思うたび、ああ、東京にいるのだと実感する。札幌から東京にきて二ヶ月になる。おにぎりをたべ終えた。

「みっちゃん」

呼びかけたら、少し焦《じ》れた声になった。

「おれがどうなんだろうっていうのは、じつは高橋さんのことなんだよ」

「高橋さん？」

「忘れたのか？」

一応そういってはみたが、やむを得ないだろう。ひとの話に出てきた見知らぬ他人の名前は聞き流すものだ。だが、

「高橋さんていうのはさ」

とわたしがいいかけたら、

「え、説明するんだ？」

いまから？　と驚いたみっちゃんには少しあきれた。

ふだんは気遣いを忘れないみっちゃんなのだが、たまに投げやりな受け答えをするときがある。そういうところがだめなのではないかと思ったが、口には出さなかった。

みっちゃんみっちゃんといっているが、親しく交歓するようになったのはわたしが上京してからだ。それ以前は東京と札幌で離れていたので、数年に一度顔を合わせるきりだった。だが、なんだかみょうに話しやすく、みっちゃんはいとこというより、

友だちみたいな存在だった。どこがどうとはいえないのだが、相通じるものがあった。

現在、六人いる父方のいとこのうち、独り者はわたしとみっちゃんのみである。それぞれの母方のいとこまで範囲を広げても、残っているのはわれわれだけだ。ふたりとも四十二歳になる。双方ともに浮いた話はまったくない。

「初出勤のときからどうなんだろうと思ってたんだ」

「高橋さんか？」

「高橋さんだ」

みっちゃんは聞きたくなさそうだったが、わたしは高橋さんに自己紹介したときのようすを話した。

＊

「榎又辰彦《えのまたたつひこ》です、よろしくお願いします」

一礼し終えたら、高橋さんは、くつくつと笑っていた。

「『えの』まで聞いて、てっきり『えのもと』だと思ったのに、『えのまた』なんだ」

とのことである。答えようがなかったので、榎又ですと繰り返したら、下の名前の漢字を訊《き》かれた。

「梅宮辰夫《たつお》の辰です」

辰年の辰、と付け加えた。ふうん。高橋さんは艶《つや》やかなみかん色の唇をすぼめたりゆるく結んだりしたのち、こう訊いた。

「じゃあ、辰年？」

「申《さる》年です」

「えーならどうして『辰』がつくの？　なぞー」

と過剰にぱっちりひらいた目を上目遣いにしてみせたのだった。

＊

「で、可愛《かわい》いのか？」

みっちゃんが訊く。

「その高橋さんて子、可愛いのか？」

繰り返しながら、手を伸ばし、物干し竿《ざお》に提げた角形ハンガーをぐるんと回した。わたしの浴用タオルや手ぬぐいやパンツ、靴下などもぐるんと回り、夜風にそよぐ。

「事務所内でのあだ名は『うちの美人さん』だ」

「微妙なあだ名だな」

「星野さんと沢渡さんと井上さんはそう呼んでる」

「だれ？」

「うちの事務所のじいさんたちだ」

役付なんだが、高橋さんには弱いんだ。答えながら、わたしはみっちゃんと位置を交換した。洗濯物の乾燥状態を確認する。まだちょっと湿っていた。仕事を退《ひ》けて帰宅してから一週間ぶんを洗濯したのだ。

「じいさんたちはまるで高橋さんのしもべのようだ」

「あーじゃあキレイ系なのかな」

それとも意外とギャル系？　みっちゃんは太っているわりには素早い動きでからだを反転させ、バルコニーの手すりに背なかをつけた。くの字にした短い腕を手すりに乗せて、わたしを見る。

こういうところもみっちゃんが独り者でいつづける大きな原因だろう。みっちゃんは面食いなのだ。

なるほどみっちゃんはよい大学を出て大手鉄鋼メーカーに勤めている。こども時分から一貫して太っているが、目はくっきりとした二重の切れ長だ。目力に自信があるらしく、ときどき前触れもなく見得を切るような目遣いをする。いまもしている。眼前に高橋さんがいて、アピールしているようだ。だが、実際の高橋さんはみっちゃんが思いえがくイメージとおそらく、まったく、ちがうのだ。みっちゃん。高橋さんは。

「もう、美人ということでいいじゃないか、とこちらが根負けするようなタイプの美人だ」

「調子に乗ってるブスなのか？」

「決してそうではないと思う」

「たっちゃん、おれは高橋さんがきれいかきたないか、それを知りたいだけなんだよ」

「もはや、よく分からない」

わたしが高橋さんの顔を覚えたときには、高橋さんはすでに事務所内で「美人」として名を成していたのだ。わたしは今朝のシーンを脳内で再生した。

＊

「ていうか、榎又くんて、なんか影薄いよね」

　事務所に到着し、机をティッシュでふいていたら、向かいの席の高橋さんがやださっきからずっとその話をしてたじゃない？　という口調でいった。ボールペンの尻《しり》でみかん色の唇をトントンとたたいていた。

「そうですか？」

「そうよ」

「どのへんが」

「なんかこう全体的に？」

「そんな漠然としたことをいわれても」

「でも薄いんだもの」

ボールペンでわたしの鼻先を指した。えいっという感じだった。それから、高橋さんは、

「ねえ、ねえ、榎又くんて影、薄いですよね」

左右後方と順々に首を振り、しもべたちに同意をもとめたのだった。

＊

ちやほやされなれている女の子のような振る舞いであり、ものいいである。高橋さんは、自分がなにをしても、どんなことをいっても男に大事にしてもらえると信じているようだ。ならばそれでいいではないか。高橋さんの第一印象は元気のよいおばち

やんだった気がするが、そんなことはちいさなことだ。高橋さんが自分を美人で可愛い女の子と思われたいと希望し、積極的に周囲にはたらきかけるのなら、わたしはその意を汲《く》むだけだ。

「え、おばちゃん?」

なに、高橋さんておばちゃんなの? みっちゃんが腰をちょっと落として、わたしの顔を覗《のぞ》き込もうとする。

「たっちゃん、それ、そんなにちいさなことじゃないよ。ぎゃくにものすごく大きなことなんじゃないかな?」

みっちゃんの切れ長の目が視界に入ってきたと同時にわたしは顔を上げた。あのさ、みっちゃん。

「おれ、瞬間的に、どうしようもなくイラッとするときがあるんだ」

「分かるよ、たっちゃん」

すごくよく分かる。たっちゃんだって人間だもの。みっちゃんがゆっくりとうなずいた。

「で、高橋さんて何歳?」

「五十はくだらないという噂《うわさ》だ」

「……そりゃちょっときついな」

＊

札幌では広告代理店ではたらいていたのだが、昨年会社が倒産して無職になった。みっちゃんの父である伯父に、さる文化財団の職員の口を世話してもらい、上京したのだった。

七十近い母をひとり札幌に残すのはかわいそうだった。だが、仕事があるところに行ったほうがいいという言葉に甘えることにした。家で息子にぶらぶらされるよりはよっぽど気が休まるようだった。結婚して実家の近所に住んでいる妹には、おにいちゃんは自分の心配だけしてればいいといわれた。

東京での住まいも伯父の世話になった。証券会社に勤めていた伯父の同僚がバブル期、愛人用に購入した1Kを格安で借りている。勤務場所である教育文化センターにも近いし、隣室にはみっちゃんもいるし、申しぶんない。

ずっと実家で生活していたので、ひとり暮らしは初めてだった。職を変えるのも初めてだった。故郷を出るのももちろん初めてだ。転入届を区役所に提出したあと、ルノアールという喫茶店でアイスコーヒーをのんでいたら、比喩《ひゆ》ではなくて、胸がふくらんでいくのを感じた。よいことが起こりそうな予感がわたしの薄い胸をふくらませたのだった。

仕事はさほどむつかしくなかった。そう忙しいというわけでもない。センターにはプールと運動場と大小合わせて九つの会議室がある。地域住民が交流を深めたり、生涯学習や文化活動をいきいきとおこなう場として機能している。いまのところ、わたしの役目はセンターを利用する各サークルへの加入を呼びかけたり、発表会の開催を知らせるリーフレットやチラシの補充を始めとする雑用全般だ。

事務所の人員はわたしを入れて総勢七名。六十代後半から七十代の男性が三名と、五十代の女性が三名、そして四十代男性のわたしという陣容である。高橋さんだけでなく、女性職員は全員五十をくだらないのである。推定ではあるが。

それはいい。

高橋さんが美人として君臨するのもいい。関口さん、足立さんを巻き込み、なにかというとわたしをうぶな坊や扱いし、顎《あご》の下をくすぐるようにからかうのもいい。「くん付け」でもいい。いっそなんでもいい。ただ、ときに、非常にわずらわしくなるだけだ。

苛立《いらだ》つ理由は、高橋さんがへんになまなましいからだろう。

「影が薄い」といわれたあとにはつづきがあった。

「セクシーじゃない」といわれたのだ。

向かいの席から身を乗り出すようにして、ということは案外豊満な胸を机に乗せるようにして、

(榎又くんて、セクシーじゃないんだもの)

と小声で。

＊

「聞き捨てならないな」

みっちゃんがスウェットパンツの尻ポケットに片手を入れて、つぶやいた。わたしたちは依然バルコニーにいる。冷たいものがたべたくなったので、冷蔵庫からアイス棒を出してきてたべていた。

「おれは、あれだよ。セクシーともセクシーじゃないともいわれたことないよ」

セクシーっていうのはさ、たっちゃん。ソーダ味のアイス棒をがりりとかじり、みっちゃんがつづける。

「女がその男にたいして、やらしいことをちょっとでも考えてないかぎり、口には出

さないものなんだよ」

「そうなのか？」

「そうだよ」

……前提でいってんだよ、とみっちゃんはいったが、「……」部分はとてもちいさな声だったので聞き取れなかった。

「なに前提？」

訊き返したら、セクスだよ、セクスとものすごい早口で二度いった。

「それはないだろう」

といいながら、わたしは高橋さんから「セクシー」という言葉が出てきたときの心持ちを思い出した。そうだ。ほんの少しどきんとして、そんな自分にも瞬間的に苛立ったような気がする。

「でも、『じゃない』だからさ、おれ」

セクシー「じゃない」ほうだから。仏頂面《ぶっちょうづら》でピーチ味のアイス棒をかじった。

「だから、おれはそこまでいかないんだって」

いわれるだけいいんじゃないの？ たとえおばちゃんでもさ。じいさんたちのアイドルなんだし。ソーダ味のアイス棒をたべ終わったみっちゃんは、棒を揺すっている。

「みっちゃん」

Tシャツの襟から手を入れ、肩口を掻《か》きながら声をかけた。

「料理教室、どうだった？」

イタリアンつくるっていってなかったっけ。渋谷かどこかで、とものついでのように訊いた。

先週の金曜もみっちゃんはビールを持参してあそびにきた。そのとき、おれ、あした合コンなんだ、といっていたのだ。話を聞いたら、昨今流行の料理合コンだという。初対面の男女が二人一組になって料理をし、親交を深めるのだそうだ。みっちゃんはインターネットでたまたま見つけ、好奇心から申し込んだらしい。

さむざむしい気持ちになった。「婚活」や「合コン」といった単語を検索窓に打ち込むみっちゃんを想像したからだ。

そんなことまでしなくてもいいではないか。だいたいみっちゃんの勤め先には独身女性がたくさんいるのではないか？　そこで出会いがないのなら、どこに行っても残念な結果になるのではないだろうか、と思ったが、いわなかった。それをいったら、わたしだって広告代理店に勤めていたころは、ある程度出会いがあったのだ。だが、単に出会っただけでは出会いといえない。そしてそもそも「いいな」と思う女性との邂逅《かいこう》以外は勘定に入れない。

「あー料理教室ね」

みっちゃんは切れ長の目をすがめた。

「行ったよ。冷製ボンゴレのカッペリーニとかつくってきたよ」

女の子はひとりしかこなかったけどね。くじびきではずれて、男と組になったけど。

でも、いいひとだったし。旨《うま》かったたし、冷製ボンゴレのカッペリーニ。あれ、意外に
かんたんだね。冷製ボンゴレのカッペリーニ。うん、カッペリーニ。

ふううっ。深く長く息を吐き出し、みっちゃんは部屋に入ろうか、と提案した。

＊

「榎又くんて、セクシーじゃないんだもの」
自席から身を乗り出すようにして小声でいったあと、高橋さんは、栗色《くりいろ》の髪の毛を
耳にかけた。椅子《いす》に腰かけ直し、会議室の予約表をめくり出した。関口さんと足立さ
んが出勤してきて、朝の挨拶《あいさつ》をにこやかに交わしてから、ふたりの腕を引っ張った。
自席付近に立たせ、わたしを横目でちらちら見ながら、いつもの声でこういった。
「榎又くんてなんかセクシーじゃないのよねー」

関節痛を柔らげる健康食品のコマーシャルに出てくる主婦のような雰囲気の関口さんと、ササゲに長髪のかつらをかむらせたような印象の足立さんは、あー、いわれてみればそうねえ！　と声をそろえた。でしょー、と高橋さんが大きくうなずく。前から、榎又くんの影が薄いのはどうしてなのかなあ、と考えてたんだけど。

「ほら、榎又くんてよく見ると顔立ちもスタイルもそんなにわるくないじゃない？　ていうか、充分ふつうじゃない？　物腰もやわらかいし、感じもいいし、榎又くんくらいの材料があれば、すてきなひとって思ってもいいはずなのに」

高橋さんは三点リーダーぶんの間を置いて、でも、さっき、分かったの、と関口さんと足立さんに打ち明けます、という身振りをした。

「抱かれたいって気にはさせないのよ」

やだー、高橋さん。だいたーん。という関口さんと足立さんの発言はどうでもいい。おお、わが事務所にも草食系が、とにやにやしているじいさんたちもどうでもいい。問題は、わたしが高橋さんにふられたような気になったことだ。あるいは、満足させられなかった気になったことだ。

＊

「好きなんじゃないの?」

なんだかんだいってさ。みっちゃんが短い首をすくめて笑う。どっちが? と訊こうとしてやめた。頭に浮かんだのは転入届を区役所に提出した帰りに寄ったルノアールという喫茶店でアイスコーヒーを運んできた女の子だ。金瓜みたいなにおいがさっと立ったのを覚えている。今夜の月を思い出した。なあ、みっちゃん。

「月のにおいってどんなかねえ」

そう訊《たず》ねたのだが、みっちゃんはもう船を漕いでいた。床にあぐらをかいたすがたはさながら起きあがりこぼしのごと。

寝よだれ

1

枇杷介《びわすけ》と別れるのが、わたしはいちばんつらかった。

さよなら、枇杷介、元気でいるんだよ。声をかけたら、恥ずかしながら泣けてきた。当の枇杷介は、いつもと同じ愚かしげな表情でこちらを見ているきりだった。黒くて丸くて大きな目だ。口を少し開け、ちっちゃな前足を泳ぐように動かしながら、チヨーダイチョーダイとカボチャの種をねだっていた。

カボチャは枇杷介の好物だ。茹《ゆ》でた果肉も好きだが、干した種のほうがもっと好きで、際限なく欲しがる。頬袋にめいっぱい詰め込んで、巣箱に戻り、軒先を打つ雨粒みたいな音を立ててすっかり吐き出したらまたもとの場所にやってきて、もっとくれと前足を動かす。習性だろうが、どん欲だ。

ゴールデンハムスターは砂漠で発見されたねずみである。食料はとぼしかっただろうから、枇杷介の行為は本能によるものだろう。だが、それにしたって、どん欲なことには変わりない。「本能」と「どん欲」は切っても切れない間柄なのだ。少なくとも枇杷介はそうだ。その名の由来となったあわい山吹色の毛で覆《おお》われたからだをよじり、欲しいものを欲《ほっ》しつづける。もっと、もっと、もっとだ。けちけちすんなよ。別れの夜、わたしは枇杷介にカボチャの種をどっさりやった。ひと粒ずつ手渡したので、時間がかかった。

この日のために大量のカボチャの種を用意していた。仕事帰りに毎晩カボチャを一個買ってきて、割って、切って、ところどころの皮を取っては茹でた。そのあいだに、種を洗い、広げた新聞紙の上にならべた。茹で上がったカボチャは明くる朝、冷蔵庫の冷凍室に入れた。種はひと晩では乾かないので、数日間、ベランダに通じる大きな窓の近くに置きっぱなしにした。そこが我が家の居間でもっとも日当りのよい場所だからだ。そうするうちに、居間も冷凍室もカボチャに侵食されていった。置いているものが多い我が家の居間は、わたしが家を出るちょっと前にはカボチャによってほぼ占拠された。わたしは家族内でカボチャ屋と呼ばれた。置き土産屋ともいわれた。立つ鳥あとを濁し屋といったのは弟だ。いまなんていった？と訊《き》き返したら、立つ鳥あとを濁しすぎ屋と得意げに訂正された。いろんな意味で、と付け加えられたから、ぐうの音も出なかった。弟はこうもいった。

「てか、わけ分かんねえし、この状況」

ジャージのズボンのポケットに両手を入れ、カボチャの種を見下ろしていた。

「足の踏み場ねえし」

カボチャの種が立て込んだスペースを、わざわざつま先立ちで歩いてみせた。

「動線はつくったつもりだ」

我が家は居間のセンターテーブルで食事をとる。ドアからセンターテーブル、センターテーブルから台所に至る道筋は避けて新聞紙を敷いていた。

……どうせんっちゅうねん、とまずい駄洒落《だじゃれ》をつぶやく弟に、枇杷介の世話、よろしく頼むよといったら、いやまあそれはべつにいいんだけどよ、と板前みたいな短い髪を両手で挟むようにして撫《な》でた。

「シフト次第じゃ、かあさんに頼むことになるしな」

工業高校を去年卒業した弟は札幌市内のホテルで施設管理の仕事をしている。軽度のヤンキーだった学生時代からの彼女と依然交際中で、ゆくゆくはできちゃった結婚にいたるのではないかというのが、かねてよりのわたしの読みだ。おそらく当たるだろう。その後こどもをもうひとりこしらえて、四人家族となり、市井《しせい》の一隅で生きていくのだ。うちの両親と同じように、ずっと、一生、たぶん死ぬまで。

せせら笑ってみせたくなるのは、わたしのよくない癖である。

もとより「ささやかなしあわせ」という言い回しがどうにも気に入らない質《たち》である。しあわせは大きなものだ。ささやかなものでは決してない。たとえ、はたのひとたちから見ればちっぽけでつまらぬものでも、当人にとっては巨大であるはずだ。

なるほど、弟や両親も、かれらからしてみれば巨大なしあわせを築きかけたり、築いたりしている。難癖をつけるとすれば、それがどこからどう見てもしあわせだという点だ。似合いの配偶者と子をなして、家庭をつくって、たっぷりゆたかとまではいえないけれど食うに困らず暮らしていける状態は、しあわせ以外のなにものでもない。

だが、はなからそこを目指すのはどうか、というのがわたしの意見だ。そこに落ち着くのが、最終的には、いわゆる「一番いい」ことくらい分かっている。だが、たどり着くまでにひとあばれしたっていいではないか。さんざんあばれた挙げ句、もしもそこにたどり着けなかったらどうすると訊かれたら、はっきりとは答えられない。どうするどうするばかりいってどうする、とそれきりいって黙り込むだけだ。とにかく、勝ち目のない勝負だからといって負けたときのことしか考えないのは弱虫だ。弱虫は毛虫といっしょに挟んで捨てるものである。

枇杷介にカボチャの種をひと粒ずつ手渡しながら、もっと、もっとだ、と口のなかでいった。けちけちすんなよ。やれるだけのことはやれよ。

二階の自室で正座して、枇杷介を入れている水槽と相対していた。もとは金魚を飼っていた水槽だが、ふたをはずして、枇杷介の飼育ケースとして使っている。だから、わたしは水槽の上から手を入れて枇杷介にカボチャの種を渡していた。枇杷介からすれば、天から美味《おい》しいものを渡されたような感覚だろう。

「おしまいだ、枇杷介」

最後のひと粒を渡して、枇杷介に宣言した。枇杷介はチョーダイチョーダイをやっていたが、割合早くあきらめて、回し車にひょいっと乗った。

水槽の中央に回し車を置いていた。みどり色と黄色のツートンカラーのいかすやつだ。枇杷介は回し車を回すのが大好きで、回しすぎて先代機を壊してしまった。このあいだ新しいのを買ってやったばかりだ。

枇杷介が回し車を回す音を聞きながら、片膝《かたひざ》を立てた。そこに肘《ひじ》を乗せ、前腕をだらりと下げる。手首をちょっと起こし、ひと差し指で小さな円をかきながら、カラカラ、カラカラと口で擬音をつけた。

ひとりきりだったが、こっそりと涙をふいた。ゴールデンハムスターの寿命は三年程度と聞いている。枇杷介との付き合いはもう二年になる。そうして、今度、わたしが帰ってくるのは早くてお正月だ。八ヶ月も先の話だ。そのとき、枇杷介が、ありし日の枇杷介になっている可能性はそんなに低くない。そう思うとつらかった。ねずみの生き死になど世のなかの大事にくらべれば、たいした問題ではないことくらい分かっている。だが、わたしは枇杷介が可愛《かわい》い。枇杷介の最期《さいご》をみとれないのは想像するだに痛恨である。

それでもわたしは、翌朝、家を出た。枇杷介はお腹《なか》を見せて眠っていた。熟睡しているようだ。水槽の上から静かに手を入れ、巣箱を回収した。枇杷介が備蓄したカボチャの種が入っているので、いささかばかりの重みがある。プラスチック製のトイレも回収した。そこにもカボチャの種が入っている。異変に気づいた枇杷介がじたばたし出した。後ろ足で立ち上がっては転んだ。仰向けになったり、横になったりした。

「ごめん」

風にたとえたら突風みたいに強く、短く、謝りながら、わたしは枇杷介が備蓄していたカボチャの種をゴミ箱に捨てた。栄養のとりすぎは、ねずみにだってからだにわるい。あんなに大量のカボチャの種はそもそも不必要だったのだ。わたしは枇杷介の「もっと、もっと」を満足させてやりたかっただけだった。

玄関で、いってまいります、と両親に挨拶《あいさつ》したら、いやに張り切った声になった。小学一年生みたいだ。黄色いカバーでランドセルを覆っていたころだ。手をあげて横断歩道を渡っていたころ。もうひとつ例をあげるなら、「れ」と「わ」がこんがらかっていたころである。いずれにしたって、むかしのことだ。

新千歳空港に向かうJRのなかで、バッグから航空券を取り出してながめた。「ヨシダ　ソノミ　23才（F）」と印字されていた。その通りだと思った。あんまりその通りで、少し驚いたくらいだ。胸のうちで、あらましをざっと振り返るようにつぶやいた。

（わたしは吉田苑美《そのみ》二十三歳女子で、これから羽田行きの便に乗ろうとしている）

東京で暮らすためだった。勤め先は、半月前に辞めていた。東京に行った好きなひとと、もう一度、今度はちゃんと出会いたくて、そうしたのだ。そうしたかったから、そうすることにしたのだ。

2

「正気かい？　吉田」

わたしが上京を決意するにいたった経緯を打ち明けているあいだ、前田は何度もそう訊いた。話の序盤から、吉田、気はたしかかい、といっていた。チビとかコロとかいう名のひとなつっこい茶色い子犬みたいな丸顔をかしげて、くどいほど繰り返した。

前田弥生《やよい》の家にいた。親二、こども三、祖母一の六名で構成される前田一家といっしょに夕ごはんをたべてから、テレビをちょっと観《み》て、二階にある前田の部屋に河岸《かし》を変えてじっくりと話をしたのだった。

前田とは同じ短大だった。当時から前田の家にはちょくちょくあそびに行って、ごはんをたべさせてもらったり、泊まったりしていた。わたしの家は札幌市のはずれにある。学校からも繁華街からも遠く、交通も不便だった。ひきかえ、前田の家は市内中心部にあった。わたしだけでなく、前田の妹や弟の友だちもしょっちゅうごはんをたべたり泊まって行ったりしていたのは、立地条件だけではなく、ざっくばらんとしかいいようのない家風のためだろう。お膳《ぜん》に上がる魚がばつぐんに美味しい点もあるかもしれない。さすがは魚屋だ。取ってつけたようだが、おばさんは料理がうまい。

「じつは好きなひとができてね」

わたしは、なるたけあっさりと切り出した。前田のベッドに腰かけていた。絨毯《じゅうたん》に座っていた前田は、小さな四角いテーブルの上でビールをグラスに注いでいた手を止めて、こちらを見上げた。

「今夜はガールズトークかい？」

にやりと笑って、われわれもガールズトークをするようになりましたか、とビールを注ぎ終え、柿《かき》の種の袋を開けた。でん六かい？　と訊いたら、そうだと答えた。次にポテトチップスの袋を開けたので、湖池屋かい？　と訊《たず》ねたら、そんなことはいいからつづきを話したらどうだと急《せ》かされた。

「付き合ってるんでしょ」

と確認してくる。

「いやーまだそこまでは」

そこまではぜんぜん。指の先に触れた枕《まくら》カバーのはしっこをいじりながら答えた。

「そこまでじゃなかったら、どこまでなんだ？」

と前田は自分の隣の絨毯をてのひらでたたいた。ここに座れという意味だ。前田はベッドでのみくいするのは病人だけとしており、映画やドラマにベッドで飲食するひと（とくに日本人）が出てくると、ほんのり憤《いきどお》る。

「だから、まだぜんぜんだって」

わたしはベッドから下りて、サイドボードに寄りかかった。足は山型。手持ち無沙《ぶさ》汰《た》だったので、腕を斜め後方に伸ばして枕カバーのはしっこをいじっていた。

「『ぜんぜん』にも幅があるだろうさ」

どの程度の「ぜんぜん」なんだよ、吉田。前田はてのひらを鼻にあてがった。ふくらんだ鼻の穴を隠そうとしているのだろう。

わたしたちが惚《ほ》れたはれたの話をするのはかなりめずらしい。話すとすれば河原を自転車でふたり乗りしてみたいだの、お弁当を持ってピクニックに行ってみたいといった、おのおのが憧《あこが》れるデイト内容を酔っぱらったときに照れながら語るくらいだった。

しかし、もっとも多く語られたのは、われわれに縁がないのはおかしいのではないか、という問題だった。ひとしきり共感し合ったあと、でも、吉田はさ、見場はそんなにわるくないよ、と前田がいってくれて、だからわたしも前田だって子犬みたいで可愛いよ、といって、なに犬？ と前田がこまかいことを訊くから、なに犬かは知らないけど茶色いのだ、と雑な答えようをしてしまい、なんだ、雑種か、と前田の気分を少々わるくさせたことがあった。

「まったくもって『ぜんぜん』なんだ」

むこうはわたしの存在すら認知していないと思う。ひと息にいってから、へっ、と笑った。腹筋に振動を感じたので、そこをおさえた。

「そうか、そこまで『ぜんぜん』だったんだ」

前田は鼻にてのひらをあてがったままうなずいた。ビールをひと口のんでから、咳《せき》払《ばら》いをした。で、吉田。

「そのひとを、いつ、どこで見初《みそ》めたんだ？」

いい終えるか終えないうちに吹き出した。その前に鼻を鳴らしたからだいぶ失礼だった。前田はよく鼻を鳴らす。ぶたみたいだからやめたほうがいいよ、と何度も注意しているのだが、直らない。

「おととしの暮れだよ」

ほら、去年のお正月、わたし、新聞にちらっと載ったじゃん。ポテトチップスを持った手で空中に波線をかきながらいった。覚えてる？

「覚えてるし、取ってあるよ」

たしかこのへんに、と立ち上がって学生時代から使っている机の引き出しをあらためようとする前田を、いや、いいからと制した。その新聞は折に触れて見返している。たったひとつの思い出の品だからだ。

わたしはデパートではたらいていた。契約社員だ。

勤め始めたのは、おととしだった。

短大を卒業してもはたらく気が起こらず、とってもかんたんな短期バイトを各種繰り返していた同時期、前田もせっかく就職した会社を人間関係が理由で辞めていた。どうしてもいやなやつがいたらしい。

とりあえず長期でバイトをして、毎日毎日はたらく癖をつけないとだめだと前田は持ち前の親分肌を発揮し、勝手にデパートのバイト募集に応募した。もちろん前田も面接を受けた。次の就職先が決まるまでの腰かけと明言していて、バイトしながら他社の正社員試験を受けつづけ、落ちつづけた。

前田がようやっと建築事務所事務員に採用されたころ、わたしはデパートから契約社員にと誘われた。バイトをしていたときは婦人洋品売場でハンカチや財布の売り子をやっていたのだが、契約社員になったら食品売場に配属された。担当は酒コーナーだった。

おととしの暮れ近く、上司から「来年の正月広告に出てくれないか」と声をかけられた。

わたしの勤めていたデパートでは毎年一月三日、地方新聞に大きな広告を載せる。

その広告にわたしが、と、「!」や「?」が頭のなかで乱舞した。むろん、わるい気はしなかった。いやだな、恥ずかしいな、とは思ったが、誇らしかったのも事実だ。これはぜひ前田にお知らせしなければと気がはやった。

就職してから、前田と会う機会がめっきり減っていた。それ以前が会いすぎだったのでそう感じるだけかもしれないが、前田とは苦楽をともにしてきたという思いがあった。いくばくかの恩もある。

ついにイメージモデルにまで登りつめました、とメールで送るふざけた文面を考えていたら、新聞広告に出るのはわたしひとりではないことが上司の説明により判明した。各売場からひとりふたり参加して、えいえいおーとこぶしを振り上げる集合写真を撮るという。

撮影日、わたしはスタジオというところに初めて入った。奥の壁に大きなロールペーパーみたいなものがかかっていて、足もとまで垂れていた。横の壁には鏡と机と椅《い》子《す》のセットが置いてあった。その鏡というのが、洗面所にあるようなものではなくて、上部に電球がならんでいる、舞台俳優の楽屋によくあるタイプだった。

わたしは控え室のようなところで制服に着替えた。いつものように三角巾《さんかくきん》をかむり、エプロンをつけた。ふだんよりも丁寧に化粧はしたのだが、広報部長の指示により後方に配置された。逆三角形に整列したので、まさに底辺ということになる。くわしくいうと、底辺の向かって右から二番目だった。頂点には社長がおさまった。頂点付近は主任やマネジャーなどの管理職が陣取った。

脚立《きゃたつ》に上ったカメラマンは、リラックスしろとかニッコリ笑えとか素人《しろうと》にはむつかしい注文ばかりした。幾度も幾度も撮影を中断して、ひとりひとりに髪の毛や襟の具合やネームプレートの曲がりを直させた。カメラマンがとくにこだわったのはそれぞれのこぶしを上げる、その腕の角度で、二の腕が耳に近づきすぎても、遠すぎても気に入らないようだった。そのたびアシスタントらしき若い女子が小走りでやってきて、腕の角度を直して行った。

直しにきたのは若い女子だけではなかった。紺色のスーツを着た中年男性もやってきた。カメラマンの指示で動いているのではなく、カメラマンの意を察して動いているように見えた。

わたしのところにきたのは、中年男性だった。

こぶしを真っすぐかかげてください、とのことである。

わたしはこぶしを内側に半回転する癖があるようで、五、六度そのひとに注意された。緊張していたせいだと思う。でなきゃ、いくら早口だが動作はとろいといわれるわたしでも、あんなに何度も同じ間違いはしないだろう。ふがいない気持ちでいっぱいだった。酒コーナーを代表してきた心持ちでいたので、マネジャーの顔をつぶすとも思った。なにより何度も注意をしてきたそのひとが激怒して、罵《ば》倒《とう》してくるのを恐れた。だが、そのひとはちっとも苛立《いらだ》っているようではなかった。

感じのいい笑顔でこちらにやってきては、枇杷介の毛触りみたいな柔らかな口調で、「こうじゃなくて、こう」と内側に向いたこぶしを外側に半回転してみせる。しまいには、「こうじゃなくて、こう」と、そのひととわたしの声が合わさるようになった。

「すみません」

頭では分かってるんですが、と謝った。茶化すつもりで「こうじゃなくて、こう」を真似《まね》したわけではないのだ。

「いえいえ」

めんどうなことをお願いして、こちらこそ申し訳ありません、と、そのひとは軽く頭を下げてから、

「こうじゃなくて、こうですから」

と、こぶしを外側に半回転させた。

水道の蛇口を開けるような身振りだった。

やせたからだつきのわりには大きな手だ。
やせているから大きく見えるのかもしれないが、握ったこぶしの指のつけ根にできたよっつの骨の突起が、すがたのよい雪山のつらなりのように見えたのは、わたしの目の錯覚ではないとしたい。

撮影が終わってから、ふたたび謝りに行った。

そのひとは右手を右の頬にあて、左手は右の脇腹《わきばら》にあてがいながらカメラマンと話をしていたのだが、わたしが近くまで行ったら、話をやめて、振り向いた。お疲れさまでした、と先に声をかけてきた。

ほんとうにすみませんでした、とわたしがいうと、え？　とちょっとかがんで耳を近づけた。撮影が終わったばかりで、あたりがざわついていたのだ。

白髪の混じった硬そうな髪の毛がほんの少しかぶさったそのひとの耳に向かって、わたしは、ほんとうに、ほんとうに、すみませんでした、と陳謝した。もう一度訊き返されたら「ほんとうに」がまた増えるのだろうとうっすらと思った。

「いえいえ」

顔を上げて、そのひとは、おかげさまでいい写真が撮れたと思いますよ、ありがとうございました、となめらかにいった。いい慣れていることを口にしている感じだった。

不意に「がっかり」という感情がわたしの胸によぎった。「仕事上の付き合いですよ」と念を押された気もしたのだが、そのひとは、

「いやー、でも、疲れたでしょう？」

とわずかではあるが、プライベートに踏み込んでくれた。

「あ、いえ、そんな」

われながら、ほかにいいようがあるだろうという受け答えをしていたら、背後から声がした。

「エノマタさん、お疲れ」

振り向くと広報部長がハンカチで眼鏡をふきながら近づいてきていた。

「なに、きみ、かれと知り合い？」

眼鏡をかけてわたしに訊ねた。顔のわりにはちいさな眼鏡だ。顔が大きいからそう思うのかもしれない。ご迷惑をおかけしたので謝っていました、とわたしがいうかいわないうちに、

「なあんだ、彼女かと思った」

と豪快に笑った。エノマタさんというらしいそのひとに視線をあてたまま、

「この男、浮いた話のひとつもなくてね」

とわたしに耳打ちする振りをして、

「なんとかしてやってくださいよ」

といったと思ったら、

「やっぱり、おじさんはいやか、若い娘は」

と顎《あご》を引き、

「エノマタさん、残念でしたねえ」

と大きな顔を軽薄にほころばせた。

「残念ですね」

エノマタさんも顔をほころばせた。こちらは純正のほころびだ。表情がやわらぐと、エノマタさんの顔には目尻《めじり》や目の下、口のまわりの要所要所に浅いしわが幾本も出現する。それがむしろ清潔な印象をあたえた。皮膚が乾燥気味だからなのかもしれない。たるみが少ないのも一因だと思う。エノマタさんは、よくいう「鶴《つる》のようにやせた老人」になりそうだった。現時点でも、どことなく仙人っぽい雰囲気がただよう。

「それだけかい？」

前田が柿の種のピーナッツを選《よ》りつつ、手短かに確認した。

「まあ、好きになるきっかけなんて、そんなものかもしれないね」

大いに理解のあるところを見せたが、あんたのいまの話を聞いただけじゃそのひとのよさはあたしにはサッパリ分からないけどさ、と付け足すのも忘れなかった。

「以上だ」

わたしも手短かに答えた。

「接触したのは以上ですべてだ」

正直に補足した。

「吉田」

「なに」

「おととしに一度会っただけなのかい？」

そのひとの苗字《みょうじ》しか知らないってことかい？　ていうか、一年以上前に一度しか会ったことがないのに、なんで好きっていえるんだ？　正気か？　前田は矢継ぎ早に問うてきた。もうなんか、いっちゃわるいけど拍子抜けだよとビールをあおった。

「下の名前はまだ知らない」

わたしはきっぱりといった。でも広告代理店に勤めていたのは知っている、とつづけた。

「どこの広告代理店かも知っているし、その会社の場所も電話番号も知ってる」

「そのくらいはすぐに調べがつくだろうね」

前田が口を挟んできたが、無視して、さらにつづけた。

「会って話したのはおととしの一度きりだけど、すがたを見たことは何度もある」

前田は小さな黒目をあらぬほうに上げ、ちょっと考えてから、

「もしや、吉田、そのひとの会社のまわりをうろちょろしてるとか？」

と上目遣いで訊いてきた。そういうことだ、というように、わたしは深くうなずいた。

「エノマタさんが勤めていた会社の近くに噴水のある公園がちょうどあってね。噴水のへりに腰かけているひとも常時けっこうな数でね。わたしがぼうっと座っていても、ちっともへんじゃなかったんだ」

冬はちょっと閑散としていたけどさ、と鼻の下を擦《こす》ったら、

「うん、まあ、寒いしね」

と前田がいった。

「夜は、とくにね」

わたしが言葉を返すと、

「夜なんだ」

と、ひどくゆっくりとうなずいた。ああいう仕事のひとって帰りが遅いみたいだし、とわたしが小声を出したら、たいへんだねえ、と前田は応じた。あんたもエノマタさんってひとも、ちがう意味で、とつぶやき、なんだろう、やけにしみじみするよ、と低い声に乾いた笑いをまぶした。

「吉田」

「前田」

呼びかけがかち合ったので、前田に発言を譲ったが、前田が、あたしはただ世間じゃそういうことをするひとをストーカーっていうみたいだよ、といおうとしただけだから、と遠慮したので、織り込み済みだよ、と答え、さっきの質問に話を戻していいかと訊いた。

「どの質問？」

「一年以上も前に一度しか会ったことがないのに、なんで好きっていえるんだ？　のくだりだよ」

「……ああ」

いいよ、もう、答えなくてもさ、と前田は小さな四角いテーブルに肘《ひじ》をついた。

「地道な活動をつづけてるようだから」

と付け加え、鼻を鳴らした。いつもより鳴りがわるかった。

「前田」

「なに」

「答えていいかい？」

前田からの返事はなかったが、わたしは山型にした足のまま、からだの向きを変え、前田に正対した。後方に腕を伸ばし、指で枕カバーのはしっこを探り当ててから、わたしの気持ちの内訳はさ、と話し始めた。

「会いたい、と、知りたい、で、ほぼ十割なんだ」

この内訳は、「好き」の内訳とひとしくないかい？

そういって、前田と目を合わせた。

前田はわたしと目を合わせたまま、首をじょじょにかしげていった。かなりかしげてから、口をひらいた。

「ストーカーの動機の内訳ともひとしいような気がするんだけど」

「うまいことというね」

いまのはわたしのけっこう渾身《こんしん》の科白《せりふ》だったんだけどね、と気の抜けたビールをのみほした。それくらいあたしにだって分かったさ、吉田、と前田は威張ってみせた。ほんの少し心配してるだけだ、冷や水を浴びせる係もいたほうがいいと思ってね、と恩着せがましくいうので、機械的に礼をいった。ありがとう、前田。でも。

「会社の近くで張り込むのはもうできないんだ」

「通報されたのかい？」

無言で首を横に振り、

「会社そのものがなくなっちゃったんだよ」

倒産したんだ。エノマタさんが勤めていた会社。去年。八月、と山型にしていた足をくずし、あぐらに変えた。

「あらー」

前田はおばちゃんみたいな声を発し、それはそれはとお囃子《はやし》みたいな調子で繰り返したのち、歳《とし》がいってるようだから再就職はむつかしいかもしれないけど、独身っていうのが不幸中の幸いだよね、と赤の他人ならだれでもいいそうなことをすらすらと舌に乗せるので腹が立った。

「次の勤め先はもう決まったんだよ」

といってやった。

「東京だ。親戚が世話してくれたようだよ。四月からはたらくはずだ」

石のつぶてを投げるように、わたしは前田に言葉を放った。ガールズトークの本番はこれからだ。


エノマタさんの勤める会社が倒産したのは、社内の噂《うわさ》で知った。危ないという噂は以前からあったらしい。広告代理店を替えたとの情報と同じころ、聞いた。

わたしは広報部に所属する契約社員のみかちゃんという女子と一年近くかけて親しくなっていた。といっても社食で顔を合わせたらおしゃべりする程度だが、ここいですか？と隣の席に座るところから、みかちゃん、吉田、と呼び合うようになるまで持っていったのだから、わたしとしては相当がんばったほうだ。わたしはさほど社交的ではない。よっぽど馬が合うひとでなくちゃ用事以外のことを話すのが苦痛である。

みかちゃんは、自分からどんどん話すタイプで、話題もわりと豊富だった。仕事柄なのか生来の志向なのかは判断がつかないが、流行ものの情報収集にはぬかりがなかった。訊けばなんでも答えますという感じで、「答える」あるいは「教える」のがとにかく好きなようだったから、悪人ではないと思う。

エノマタさんの勤める会社が倒産したという話はみかちゃんのほうからしてきた。みかちゃんは、わたしがお正月の広告に出たことも、そのとき、わたしが、うちのデパートの担当者であるエノマタさんと少々の会話をしたことも知っていたのだ。それはわたしが初めてみかちゃんと口をきいたきっかけの話題だった。

あれ？　もしかして広報のひとなんですか？　わたし、例のあの集合写真の広告に出たんですよ、と撮影時の苦労話をしたのだった。みかちゃんは撮影現場に立ち会う機会はめったにないので、ちょっぴり悔しかったらしく、そういえばエノマタさんて、とエノマタさんに関しては自分のほうがよく知っていると誇示するふうに、広報部長から聞いた話を教えてくれるようになった。
四十一、二というおおよその年齢や、結婚歴がないこと、出身大学は、だから、みかちゃんから仕入れた情報だった。みかちゃん自身はエノマタさんに興味がないようで、優しそうだけど、男としてはパンチ不足と手厳しい評価をくだしていた。
あーそういう感じかも、とわたしはみかちゃんの意見に同調したのだが、みかちゃんにはエノマタさんの仙人っぽい雰囲気が好ましく映らなかったのだな、とわずかに意表をつかれた。そんなみかちゃんが打ち合わせのために来社するエノマタさんと会うことができて、わたしは仕事が退《ひ》けてからエノマタさんの会社の近くまで出かけて行って張り込みをしないとすがたを見ることもできないんだな、と思うと、不公平な感じがした。張り込みをしても、エノマタさんが会社から出てこない日だってあった。取引先を回って真っすぐ家に帰ったか、出張だったかしたのだろう。

毎日張り込みをしていたわけではない。せいぜい週に一度か二度だ。だから、エノマタさんに会えたらだいぶうれしかった。半面、さみしさがつのっていった。

仕事を終えたエノマタさんは疲れている。猫背になっていて、胸をわずらっているひとのようだ。頬に影がさして見えるときもあった。ゆっくり歩くときもあったし、せかせかと歩くときもあった。マスクをしていたときもあったし、一度だけだが、毛糸の帽子をかむっていたこともあった。だが、どんなときでも変わらないのが、噴水のへりに腰かけたわたしの前を、ただ通りすぎていくことだった。エノマタさんは、わたしのことなど覚えていないのである。新しい人物としても視界に入れてくれないのである。

だが、わたしはエノマタさんに会いたかったし、エノマタさんのことを知りたかった。張り込みをして、一方的に「会う」のではなく、よそのひとから情報を仕入れるのではなく、エノマタさんにわたしという者を知ってもらい、その上で会い、エノマタさん本人から話を聞きたかった。年端《としは》のいかぬこどもがやれ歌手になりたいとか、サッカー選手になりたいとか口走るのと同じようなものだと思ったが、あきらめられなかった。エノマタさんの勤める会社が倒産してからは、一方的に「会う」だけでもいいし、よそのひとからのささいな情報でもいいから欲しいと思うようになった。わたしの気持ちの内訳は相変わらず、会いたい、と、知りたい、でほぼ十割だったが、そこに、欲しい、が加わるようになった。なにが欲しいのかはわたしにも分からない。だが、会いたい、と、知りたい、と、欲しい、で、十割を超えた。算数としてはありえないが、実感としてはそのようなものだった。端的にいうと、持て余した。なにを持て余したのかはわたしにも不明だった。

エノマタさんが東京で再就職するらしいとみかちゃんから聞いたのは、今年の一月だった。エノマタさんから広報部長に連絡があったようだ。教育文化センターとかいってた、とみかちゃんはピンク色の唇でうどんをすり込んだ。咀嚼《そしゃく》してから、エノマタさんの新しい勤め先が東京のなに区にあるのか、口にした。職場の近くに住むんだって、とつづけた。明治通り？　の近くだって。

わたしは、へー、と語尾を長く伸ばした。検索すればすぐに分かるだろうな、と思った。

「で、分かっちゃったんだ」

前田は存外さわやかに笑った。

「分かっちゃったねえ」

わたしもさわやかに返答した。

「分かったところで、どうすることもできないけどねえ」

という前田の語尾を尻取りするみたいにさらって、

「どうすることもできないから、東京に行くことにしたんだよ」

と告げた。もう会社もやめちゃったんだ。ネットで部屋も見つけた。来月、引っ越す。お正月には帰ってくると思うけど、しばらく会えなくなるねえ、前田、と捲《まく》し立てるように言葉をならべた。前田の顔は見なかった。

「あのさ、吉田」

前田の声が聞こえた。

「おたくの親御さんはなんていっているのかな？」

娘が職場を辞めて、自分に気のない男を追いかけて上京する件について、ぜひご意見を伺いたいね、とよく通る声で、滑舌よくいった。

親には東京でひとり暮らしがしてみたいという貧弱な理由を押し通した。年齢的には大人なのだから、どこでなにをしようと親の承認は必要ないのだが、筋は通したかった。

親は真の理由をしつこく訊ねてきた。膠着《こうちゃく》状態が続いたある日、もしかして好きなひとでもいるのか、と母が訊いた。あいにくわたしがつく嘘《うそ》の限度は「ほんとうのことはいわない」だった。

「ほんとうのことはいわない」のと、「ほんとうのことと反することをいう」のとは、わたしにとって大きなへだたりがある。相手からすれば「ほんとうのことをいわない」のも嘘をつかれたことになるだろうが、わたしからしてみたら大いにちがう。ゆえに、黙りこくるしかなかった。好きなひとはいない、なんて嘘はいえない。代わりに口をついて出たのは、「野暮なことは訊きっこなしで頼むよ」という軽口だった。白状したも同然だった。

数日経って、親から上京の許可がおりた。長くて二年という期限つきだった。四年制大学にいかせたと思い、二年間の回り道なら容赦するとの理由を、親はひねり出したようだった。高卒の弟を大学にいかせたと思えば、我が家トータルであと四年の回り道が可能と思ったが、それはさすがに口にしなかった。本気でそう思ったわけではないし、餞別《せんべつ》として百万円を貸してくれるというのだから、そんなことをいったらばちが当たる。

「どうなんだろうねえ」

前田は太い鼻息を漏らした。

「おたくの親御さんにも気はたしかかと詰め寄りたいよ。百万円をぽんと渡すにいたっては、もはや言語道断の域だとあたしなんかは思うけどね」

「もらったわけじゃないよ。貸してもらったんだ」

前田はうちの親の取り立てのきびしさを知らないんだ。貸したものはかならず回収するんだよ、とわたしは口をとがらせた。

「吉田」

前田は鼻息ばかりでなく声まで太くしてわたしの名を呼んだ。

「あんたはじつにばかだね」

と腕を組む。

「手もと不如意《ふにょい》のあんたが無理して東京に行ったら、あっという間に食い詰めるに決まってるよ。そしたらお金欲しさのあまり、深い考えもなく、なにをするか分かったもんじゃないよ。親御さんはそこを心配して、虎の子《とらのこ》の百万円をあんたに貸すといったんだ」

「それくらいの察しはついてるよ。ずいぶん心配されていることくらい、わたしだって感じてるよ。好きなひとがいるのかの一件でも、なんにも訊《き》かないでくれて、ありがたいと思ってるし、信じてもらってると思ってるよ」

と声を張ったら、そう思ってるんなら、なんでそんなにやりたい放題できるんだよ、だいたい吉田自身の貯金はいくらなんだよ、と前田も声を荒らげたので、百万ちょっと切るくらいだ、と答えたら、へーえ、それっぽっちでよく上京の決意ができるもんだね、驚き桃の木だよ、と前田はわざとらしく感心してみせた。エノマタさんとこに「きちゃった」とかなんとかいって転がり込む気でいたのかい、と挑発する。東京のおばさん家に下宿しようと思ってたんだ、と咄嗟《とっさ》の思いつきで答えたら、吉田はなにをするんでもひとに迷惑をかけなきゃ気がすまない性分なのかい、と斬《き》って捨てた。また人生を棒に振るつもりなのかい、と重ねる。「また」ってなんだと訊くと、短大を卒業してはたらきもせずふらふらして人生を棒に振りかけてたくせに、と前田は他人事なのに勘弁まかりならん、という風情《ふぜい》でいつのった。だれのおかげで真人間になったと、前田はこういいたいわけだね、とわたしがいい返すと、そんなことはいってない、断じてだ、と前田が勢い込んだので、そんなことくらいは知ってるよ、とわたしは一層大きな声を出した。やりたい放題やってるように見えるかもしれないけど、それだって、ずいぶん勇気がいるんだよ、といったら、ちぎれるような声になったが、甘えているだけだと前田に一蹴《いっしゅう》されたので、甘えちゃだめかい、と絨毯をどん、と踏んで立ち上がった。ふぬけになるだけだ、と前田も立ち上がった。千秋楽に勝ち越しがかかった相撲取りどうしみたいに睨《にら》み合ったあと、わたしは口をひらいた。

「エノマタさんが好きなんだよ。エノマタさんに近づくためならなんだってやるよ。なんていわれてもいいんだよ」

「吉田」

前田が静かな声を出した。

「それも渾身の科白ってやつかい？」

「そう取ってもらって結構だよ」

「あたしにはだらだら垂らす寝よだれみたいなことをいってるようにしか聞こえないけどね」

そういって前田はちいさな目を細めた。

3

東京での住まいは和室六畳、に申し訳程度のＤＫがついた１ＤＫで、家賃は五万円だ。ユニットバスだが、その点に関して文句をいうつもりはない。三階建てのアパートの一階である。泥棒が怖かったが、一階は案外狙《ねら》われないというネット情報を鵜呑《うの》みにすることにした。

必要最低限の家電を量販店で買ってきた。洗濯機と冷蔵庫だけですんだのは、親が中古の小型テレビや電子レンジを知り合いから譲ってもらったからである。いたれりつくせりだ。前田でなくても気はたしかかといいたくなる。

バイト先も見つけた。区役所の近くにあるルノアールという喫茶店だ。いや、喫茶室というらしい。面接に行った帰りにエノマタさんの勤め先にも寄ってみた。玄関を入ってすぐに開け放たれたドアがあり、その奥のほうにカウンターがあり、ファイルをたずさえ忙しそうに歩くエノマタさんのすがたが見えた。紺色のスーツを着ていた。初めて会ったときと同じ色である。

ああ、元気そうだな、と思った。それから、エノマタさんのはたらく建物のなかにも喫茶店があるのを残念に思った。できればここではたらきたかった。そしたら、コーヒーをのんだりランチをたべにきたエノマタさんとあらためて知り合うことができるかもしれない。しかも、ごく自然にだ。

エノマタさんはおそらく気働きがあって、かいがいしくはたらき、素直な気性の女の子が好きだと思う。さらにいうなら、美人よりも可愛いタイプを好むはずだ。裏を取ったわけではないが、そんなふうに思えてならない。だとしたら、わたしにもチャンスの芽があるかもしれない。そう考えたら、前田にも芽がありそうな気がしてきた。前田に芽があるのなら、だいたいの女の子に芽があるのではないか、と前田にたいして相当失礼なことをちらと思ったあと、エノマタさんにたいしても失礼だったと反省した。

いずれにしても、わたしという者をエノマタさんに覚えてもらわなくっちゃ話が始まらない。定期的に顔を合わせる「状態」をつくるのが急務である。毎日がベストだが、週に一度でもよしとしよう。エノマタさんの生活パターンと、日常的に立ち寄るところ（お弁当屋さん、コンビニ、本屋さんなど）が分かれば、そこではたらけばいいのだ。そうして「いつもの店の気になるあの子」みたいな感じになれば、願ったりかなったりだ。ルノアールにバイトを決めたのは早計だったかもしれない。

そんな気持ちが吹き飛んだのは、ルノアールに出勤した初日だった。

エノマタさんが客としてやってきたのだ。だが、アイスコーヒーを運んだのは、わたしではなかった。春原理絵子というわたしと同い年のウエイトレスだった。目はそんなに大きくないが、色が白くて、高級なティーポットみたいな肌つきをしている。動くと、なんともいえないよいにおいがした。香水はつけていないそうだから、理絵子自身のにおいだろう。

エノマタさんのテーブルにアイスコーヒーを置いたとき、エノマタさんが「お」という顔で理絵子を見上げたので、わたしはだいぶ気を揉《も》んだ。エノマタさんがアイスコーヒーをのむあいだ、かれの近くを通りかかるとき、痰《たん》が絡《から》んだ振りをして、のどの奥からちいさな音を発してみたりしたのだが、注意はひけなかった。

会計をすませたエノマタさんが店を出た。レジを担当したのも理絵子だったが、こんどは、エノマタさんは、「お」という顔をしなかったのでほっとした。一気にしあわせな気持ちになった。エノマタさんがいたテーブルに忘れ物を発見したのでなおさらだった。三色ボールペンを握りしめ、急いで外に出た。エノマタさんを追いかけて、渡そうと思ったのに、エノマタさんの後ろすがたを見たら、その気がうせた。わたしの知らない街なみを歩くエノマタさんを見るのは初めてだった。エノマタさんまでわたしの知らないひとになったように感じたのである。エノマタさんの後ろ姿は雑踏のなかにやけにゆっくりとまぎれていった。

胸ポケットに三色ボールペンをさして、店に戻った。それから数時間はたらいて、アパートに帰り、テレビを観《み》ながらひとりでごはんをたべた。帰る途中、コンビニで買ったお弁当だ。仕事に慣れたら、自炊しようと決意しながらたべた。

札幌にいたときよりも、エノマタさんに近づくチャンスが増えた気がする。少なくとも幸先はいい。テレビに映る天気予報を観ながらそう思った。なじみのない地名の天気が、傘や雲や太陽のイラストとともに切り替わっていく。反射的に札幌の天気を探した自分にちょっと笑ってから、完食したお弁当の容器をごみ袋に捨てた。まだがらんとしている部屋を見回す。枇杷介も前田もいないが、ここにきてよかったと口のなかでいった。

枇杷介といえば、札幌の家を出るとき、よっぽど連れてこようと思った。ポケットのなかにでも入れてたら、飛行機なんかかんたんに乗り込めるはずだ。だが、そうしなかった。わたしといっしょにくるよりも、住み慣れた水槽のなかでいままで通り暮らすほうが、枇杷介にとっていいことだろう。わたしの「もっと、もっと」を満足させるためだけに枇杷介を使うのは了見ちがいだ。わたしは好きなひとと、もう一度、今度はちゃんと出会いたくて、ここにきたのだ。

三色ボールペンをくるくると回しながら、前田が聞いたらあきれるようなことを心中でひとしきり繰り返し、ふとんを敷いて寝た。歯もみがいたし、顔も洗った。

あらかさま

1

追い風が吹いてきたと思えてならない。

なにがどうってわけじゃないんだけど。電話の向こうの前田にはひとまずお茶を濁しておいたが、わたしなりに手応《てごた》えがあった。機は熟した。そんな空気がからだじゅうに充満している。

「ようするに、あんたの主観だけの問題なんだね」

前田は鼻をひとつ鳴らしたものの、その件については深追いしてこなかった。深追いどころか、追いかける気もなかったようだ。息を吸って、それから吐いて、

「ていうか、そんなことより」

と包み紙を破るように話題を変えた。ちゃんとたべているのか、好きなものばかりたべてるんじゃないのか、緑黄色野菜はとっているのか、とたてつづけにわたしの食

生活の心配をする。お金は足りているのかい、と声をひそめて金銭面の心配を挟んだのち、鍋《なべ》からじかにラーメンをすするような、そんなだらしない真似《まね》はしてないだろうね、と生活態度にも気を揉《も》んだ。

「そんな真似はしていない」

わたしはそう答えたのだが、前田は、なにがいやかって鍋からじかにラーメンをすするひとり暮らしの女くらいいやなものはないからね、と断言した。うん、とみずから相槌《あいづち》を打ったら勢いがついたらしく、さらにつづける。あたしはもともとそういう手合いが大っきらいなんだ。あんたがもしも、もしもだよ、そんなふうなアレになったら、泣いて馬謖《ばしょく》を斬《き》らせてもらうよ。

前田のようすが見えるようだった。地団駄を踏む一歩手前みたいな顔つきで、携帯に向かってつばを飛ばしているのだろう。

茶々を入れたいところだったが、黙っていた。ちゃぶ台に肘《ひじ》をつき、携帯を耳にあて、無言で何度もうなずいた。

「吉田？　もしもし？　聞こえてる？」

「聞こえてるよ」

仰向けに寝転がり、聞こえてます、と丁寧語で復唱したら、「札幌」がわたしの部屋に広がっていく気がした。最前から浮遊していた「札幌」という玉が、ぱちんぱちんと弾けては、わたしのよく知っているにおいを放ちはじめる。

雪虫が飛ぶ夕暮れどきのにおいだった。晩秋の風に吹かれてつめたくなった頬を手でつつみ、ああ、もうすぐ雪がふるんだなあ、と思わさる、ほんのちょっと苔《こけ》に似たにおいである。

「ふるさと」と呼ぶほど心理的な遠さはまだ感じちゃいないはずだが、ふだんは忘れているなつかしい地名を思い出した心持ちになった。上京して半年。札幌も東京と同じく十月下旬だ。

「前田」

おへそあたりに手をあてて、自分の発声をたしかめながら、友人の名を呼んだ。短大時代に知り合った前田弥生は親しさの度合いからいえば、友人ではなくおそらく親友なのだろうが、たとえお腹《なか》のなかでも親友という言葉を使うのが、わたしは恥ずかしい。ぎゃくに嘘《うそ》っぽい感じがするのだ。大きな身振りで芝居がかった科白《せりふ》をいい合わなければ保《も》たない間柄というイメージが「親友」という言葉を用いるさいにはつきまとう。わたしだけなのかもしれないが。

「雪虫は飛んでるかい？」

間を置いてから、ゆっくりと訊《たず》ねた。いくぶん叙情的な声になった。少し湿って、語尾がつぼんだ。

「とっくのとうちゃんだよ」

前田はいつもの声で即答してから、

「雪虫どころか、雪がふったよ。初日のわりにはたっぷりふってさ」

というので、へえ、と驚いたら、

「吉田、あんた、家と連絡を取ってないのかい？」

と前田がまた意見したそうな口ぶりで訊《き》いてきたので、むかしから思ってたけど、前田ってなんかこう親戚《しんせき》のおばちゃんみたいだよね、しかも、お通夜《つや》とか法事とか結婚式とかの冠婚葬祭シーンで、ガンガン前に出ていくタイプの、とわたしは仰向けから腹ばいへと体勢を素早く変え、早口でいった。しかし、前田は、あーそりゃ親戚にひとりはいなきゃならないタイプのおばちゃんだよねー、光栄、光栄、とまったく意に介さなかった。拍子抜けしていたら、でもね、吉田、と前田は声をあらためて、あたしが親戚にひとりはいるタイプのおばちゃんだとしたら、あんたは親戚にひとりはいる行方不明者のタイプなんじゃないのかい、と、したり声としかいいようのない声で、敢然といい放った。

「行方不明にはならない」

ばかをいってもらっちゃ困る。そういいたかったが、頭のなかで親戚をざっと見渡したら、たしかに行方不明者になりそうなタイプはわたしだけと思えた。父方、母方、双方の親戚はそろいもそろって、いわゆる地に足の着いた暮らしをしているひとたちである。社会人になってもバイトをしているのはわたしひとりだ。転勤でも進学でもないのに見知らぬ土地に引っ越したのもわたしのほかにいない。ただし、あくまでも「タイプ」の話だ。

「弟とはたまにメールのやりとりをするよ」

「ねずみメインのメールだね?」

その通りだよ、前田。わたしはまたしても無言でうなずいた。

実家に枇杷介《びわすけ》という名のハムスターを置いてきた。その世話を託した弟が律儀に枇杷介の写メを送ってきてくれるのだった。巣材のティッシュペーパーをほぐす枇杷介。大の字で熟睡する枇杷介。チョーダイチョーダイをする枇杷介。弟の前腕をのぼる枇杷介。

分けても、わたしの心をぎゅっと絞ったのは、後ろ足で立ち上がり、真っ黒い、大きな目であらぬほうを見やる枇杷介だった。わずかに口を開けていて、これぞ枇杷介という表情である。わたしは携帯のディスプレイに映ったその口もとに指先を押しあてたり、離したりした。お腹の毛を撫《な》でたりもした。なつかしいなあ、とひとりごとが自然とこぼれて、はっとした。わたしのなかで、枇杷介は、いつのまにか「札幌」というフォルダに入っていたようだった。

「もしもし？　吉田？」

前田の声がぐんと近くから聞こえてくる。わるい、ちょっとぼんやりしてた、と詫《わ》びてから、

「親からきた手紙の返事もけっこうまめに出してるよ」

とからだを起こして、あぐらをかいた。

「なにか送ってもらったときのお礼とかさ。そういうのは、これでもきちんとやってるんだ」

語勢が弱まったのは、このところ、親からなにかもらっても、弟へのメールのついでに「そういや宅配便、届いてたよ。ありがとうっていっといて」と打ち込むきりだったからだ。

これには少々の理由があった。上京当時は親も張り切って佐藤水産の筋子などを送ってきていたのだが、だんだん近所のスーパーで買ったじゃがいもとか、かりんとう

とか、春雨などになっていった。食料品ならわたしだってありがたいと思う。シャンプーなんかの日用品もありがたい。だが、明らかに百円ショップで購入したとおぼしき雑貨はどうか。造花や貯金箱や用途不明のちいさな木箱は、正直いって厄介である。処分できないのは、やはりこれらも「札幌フォルダ」に入っているせいで、親がわたしの住所と名前を書いた宅配便の伝票を捨てるときに感じる、なんとはなしの申し訳なさ、も、もとをたどれば「札幌フォルダ」が一枚嚙《か》んでいるはずだ。親と電話で話すのが億劫《おっくう》なのも「札幌フォルダ」のせいに相違なく、前田に電話をしなかったのも以下同文。

とはいえ、親と話すと、ぽっちりとだが案外深く安心する。毎度のことにもかかわらず「案外」と思うあたりが謎《なぞ》である。こまかなことをあれこれ訊かれて面倒なのに、通話し終わると、銭湯や温泉などの大きなお風呂《ふろ》につかったあとみたいにさっぱりするのだった。

なんだかんだいったって、いいお湯なのだ。いいお湯なのにはちがいないが、それはそれでほんの少し疲れるのだから難儀である。ひと仕事終えたような感覚だ。うっすらとさみしくもなる。なのに、じわっと元気が出る。

以上のような、ぶわんと頭を揺すりたくなるほど複雑な心情、も、「札幌フォルダ」

に入っていた。「ふるさとフォルダ」とラベルを貼《は》り替える気は、たぶん、まだ、ない。

前田に電話をする気になったのは、ただ単純に前田と話をしたかったからである。億劫さや複雑さをわきに置かせる力が前田にはある。たいしたものだ。

久方ぶりの会話だったので、多少ぎくしゃくするかなと案じたが、前田はしょっぱなから、いつもの前田だった。前田以外のなにものでもなかった。だから、素直に「札幌」のにおいをかぐことができた。「札幌」と適切な距離を取ることができたのだった。

だが、前田があまりにも前田以外のなにものでもなさすぎたので、エノマタさんに関する話はとうとう打ち明けられなかった。

「ところで、追い風が吹いてきたっていってたけど?」

前田は途中で冒頭の話題に戻そうとしたのだが、いや、だから、なにがどうってわけじゃないんだよ、とわたしがいい、話したくって仕方ないくせに！と前田が肘でちょんとつつくように笑い、やー、でもさー、ほんっとにたいした根拠じゃないんだよねー、とわたしが照れながらいいよどみ、ねちねちしてんじゃないよ、と前田が苛《いら》立《だ》ち始め、ねちねちなんかしてないよ、とわたしが即座にいい返し、いーや、ねちねちしてたね、湿りっけのある耳垢《みみあか》みたいにねちょねちょしてた、ねっちょねちょだ、と前田がゆずらない上に語句を次々と変化させたので、ひとしきり揉めているうち、前田が先週膀胱炎《ぼうこうえん》にかかった話に転じたのだ。

つね日ごろから、手洗いが遠いことを自慢していた前田らしい病気といえばいえるが、膀胱炎は癖になりやすいと聞いた覚えがある。完治するまで通院しなきゃだめだとわたしはくどいほどいった。冷えは禁物とか、水分をこまめに補給せよとか、聞きかじりの知識を矢継ぎ早に口にしたら、前田が、うん、気をつけるよ、とちょっぴり神妙な声を発したので、じゃあ、ぜったいお大事に、と二、三度繰り返し、携帯を切ったのだった。

2

1・わたしはエノマタさんが好きである。

2・今春、エノマタさんが東京で新しい職についたのを機にわたしも勤めていた会社を辞めて上京した。

3・東京でのエノマタさんの生活パターンはおおよそ把握した。

4・エノマタさんは依然わたしの存在を知らない。

現在の状況とこれまでの経緯をかんたんにまとめてみることがよくある。なんとなく文字にしたくなって、バイト先からもらってきた古雑誌の綴《と》じ込みはがきの空白部分に書き出したこともある。箇条書きでまとめたものを他人の目で読み返してみたら、うすうす思っていたより、ストーカーっぽかった。ことに3と4が怖い。2もどちらかというと怖いほうだろう。そうして再読してみたら、1が俄然《がぜん》怖くなる。つまりなにもかも怖いのだ。だが、これらぜんぶを知っているのは、この広い東京でわたしだけだ。前田も知っているが、前田は札幌在住である。しかも前田は膀胱炎だ。関係ないけど。

怖い、怖い、といいながら、わたしは本心ではそう思っていなかった。自分自身のことだから贔屓《ひいき》しているのではない。たとえよそのひとの話としても、本気で怖いとは思わないだろう。気味がわるいとも思わない。だからといって、声援を送る気も起こらない。がんばってるんだなあ、と漫然と思うきりだ。

水槽みたいなケースに入れた蟻《あり》が巣をつくっていくようすを観察するようなもので、ああ、蟻なんだなあ、と思うように、ああ、そういうひとなんだなあ、と了承するのみである。いわばコツコツ型なんだなあ。

コツコツ型は、コツコツやっているうちに、当初の目標を忘れてしまいがちである。わたしもエノマタさんの行動パターンをリサーチしているとき、なんのためにこのような行為をしているのか分からなくなることがままあった。

エノマタさんとお近づきになる機会を見つけるための手段だったのだが、エノマタさんが朝八時十五分前後にマンションを出て、夜の遅くとも七時すぎには勤めが退けるのを確認したら（お昼休みは十二時から一時間のようだ）（コンビニや中華料理屋さんでお弁当を買ったり、勤め先の建物に入っている喫茶店でランチをたべたりする）（そんなに高くないカレー専門店に行く日もある）、おそらくローテーションを組んでいるであろうネクタイの総数と、それぞれの柄をすべて知りたいような気持ちになった。

ネクタイだけでなく、スーツ、ワイシャツ、靴下、靴、肌寒くなってから着始めたチョッキなどなど、エノマタさんのワードローブをすべて知りたくなった。

お昼休みにエノマタさんが好んでたべるコンビニ、中華料理屋さんごとのお弁当の種類とランキング、注文するランチのA（ハンバーグ定食）B（焼き魚定食）C（鶏の唐揚げ定食）を頼む比率もおさえておきたいところだ。そこまでいったら、カレー専門店での注文の方法（その店は、ライスの盛り、ルーの辛さと量と具が選べるシステムなのである）もおさえるべきで、となるとエノマタさんが職場でのむコーヒーやお茶の統計も取りたくなる（なん時間おきに、なにをのむのか）。

おさえておきたい事柄はほかにもたくさんあった。日が経《た》つにつれ、増えていった。調べたそれらを、パソコンに打ち込み、データベースとして完成させたい欲がめばえてくる。夢は広がるばかりだが、当初の「夢」とはことなっている。第一、エノマタさん本人にはまったく近づいていない。どんなに周辺情報に精通しても、それだけではエノマタさんにたどりつけっこないことくらい承知している。

わたしのバイト先は、区役所の近くの喫茶室だ。ルノアールだ。エノマタさんの勤め先からそんなに遠くない。だが、歩くとなると、健康のため、あるいは、交通費節約のため、と明確な理由が必要になる距離だった。

エノマタさんの勤め先は教育文化センターだから、区役所に用を足しにくる機会があるかもしれないと予測し、そのついでにルノアールで一服していくのではないか、とさらに予測し決めたバイト先だった。

予測というより、そうだったらいいな程度のあわい願望だ。エノマタさんの行動パターンを把握したら、エノマタさんの立ち回り先のどこかの店に転職するつもりだった。

ところがバイト初日に、エノマタさんが客としてやってきた。すぐさま、当分ルノアールではたらいていこうと決心したのだが、半年経ったいまでも、エノマタさんの再来店はなかった。ちなみにエノマタさんの生活圏内にある飲食店その他の店での求人もいまのところない。中規模程度のスーパーで品出しのパートは募集していたが、肉だんごや刺身を陳列していても、エノマタさんと顔見知りになるチャンスは低いだろうから、勘定に入れなかった。

つまり、わたしとエノマタさんの接点は皆無に見える。

だが、わたしサイドからしてみると、決してそうではないのである。意味深長な表現をするなら、わたしは、エノマタさんと毎晩のように触れ合っているのである。

エノマタさんは、現段階では唯一《ゆいいつ》の来店時に、三色ボールペンを忘れていった。その三色ボールペンが、わたしの宝物兼手遊びの道具になっている。

赤と青と黒。親指の腹で三本の芯《しん》を順番に押し下げると、カチカチカチと規則正しく音が鳴る。音と、指の感触を味わいながら、考えごとをする夜が多い。

わたしは、夜は、たいていひまだ。

とくにやることもないし、ひとと会う約束もない。

アパートに帰ってきたらテレビをつけて、晩ごはんの支度をする。おかずの中心は野菜炒《いた》めだ。汁の実も野菜。それに温野菜サラダが加わる場合もある。とにかく親の敵《かたき》のように野菜をたべている。野菜と納豆とたまごを摂取していればまちがいないだろうと考えているふしがあって、それらをお腹におさめると、よし、だいじょうぶ、と思う。

わたしはごはんを割合もりもりたべるほうなので、食後すぐにからだを動かすのは大儀である。食器を片付けないまま、しばしテレビを見つづける。

ごはんをたべているあいだは、にぎやかなテレビの音や映像がうれしいのだが、満腹になると、うるさく感じる。この感覚は、ことを終えた男のひとが、かたわらに寝そべる女のひとをうざったく感じるのと似ているのではないかと思ったりするが、しょせん二十三の生娘《きむすめ》が頭のなかで考えることだ。信憑性《しんぴょうせい》などないだろう。

……あーあ、と嘆息みたいな声を出し、食器を流しに片づける。そのまま洗う場合もあるし、急に面倒になって放置する場合もある。ひと晩放っておいたら、使える食器が底をつくまで放置する結果になりやすいので、このごろはなるべくすぐに洗うようにしている。使える食器もフライパンも鍋もなくなると、よごれたものを、ちょちょっとすすいでまた使うことすら面倒になってしまうと知ったからだ。

テレビを消すと、ときおり、どこからか、ミレド、ミレドとピアノの練習をする音が聞こえてくる。ちいさな女の子だと思うのだが、ミレド、ミレドのパートからいっこう先に進まない。飽くことなくミレド、ミレドを繰り返している。

わたしは三色ボールペンを手に取って、カチカチカチと音を鳴らし、なにかを考える。エノマタさん中心のなにかだ。

薄情かもしれないが、「札幌フォルダ」に入れた事柄が頭に浮かぶことはまずない。薄情の上乗せをするようだが、わたしは自分がいままでどこにいたのかとか、いままでどんなふうに暮らしていたのかについて、ほとんど興味をなくしている。

ミレド、ミレド。カチカチカチ。

雑踏にまぎれていくエノマタさんの後ろすがたは、いやになるほど思い返した。わたしにとってただひとりのひとの薄い背なかが、わたしにとって二度と会わなくても平気なひとたちの波のなかに入っていった。わたしにとってなつかしさも親しみも感じない街なみを、エノマタさんは、どこかに向かって歩いて行った。

わたしは店の前で、三色ボールペンを握ったまま、エノマタさんのすがたを追った。

忘れ物ですよ。

そういって、エノマタさんに三色ボールペンを渡したかった。

忘れ物ですよ。

3

エノマタさんがはたらく教育文化センターには、図書貸し出しコーナーがある。わたしはそこに目をつけた。

センター内にはプールや体育館や貸会議室やホールがあって、各種講座が受けられたり、そこを拠点に活動する市民サークルに加入することができる。だが、水泳を習ってバタフライで泳げるようになっても、陶芸を習って花びんやどんぶりをこしらえても、地域のみなさんと地元の名所旧跡を訪ねても、バレーボールでいい汗をかいても、職員であるエノマタさんとはお近づきになれない。

その点、図書貸し出しコーナーは、職員が対応してくれる。観察の結果、担当者は決まっておらず、利用者があらわれたときに手の空いている職員が貸し出し業務をおこなうことが判明した。

図書貸し出しコーナーには蔵書がなく、申請すれば区内の図書館から希望する本が届く仕組みであるらしい。利用するには図書カードが必要で、それはセンターでは発行していないから、まず図書館に行ってカードをつくってきてください、と、年配の職員が説明してくれた。べつの日にやはり図書貸し出しコーナーをうろついていたら、「本ですか?」とちがう職員に声をかけられ、「はあ」と答えてみたところ、やはり同じことを説明された。やはり年配のひとだった。

図書貸し出しコーナーのよいところは、職員がはたらく事務室とひとつづきになっている点だ。残念なのは、低いカウンターで仕切られているだけなのに、職員のはたらくようすは垣間見《かいまみ》られる程度という点。

およそ四畳半のスペースの図書貸し出しコーナーの中央奥に位置するカウンターのその奥は、事務所の一番はしっこで、職員がはたらくようすが丸見えにならないようにするためなのか、カウンターのまわりには背の高いキャビネットが置かれていた。

だから、図書貸し出しコーナーに行っても、事務所の全景はのぞめない。それでもエノマタさんのすがたをちらと認めるときがあった。エノマタさんはリーフレットのたばを持って、うろついていた。

事務所には来客用のカウンターもある。こちらのカウンターからは事務所がすっかり見渡せる。

役所みたいに来訪者が多かったら、順番を待つ振りをして勤務中のエノマタさんを見学できるのだが、事務所に用のあるひとは少ないらしく、いつもひっそりとしていた。

お手洗いをさがす振りをして、前を通りかかり、「あ、ここじゃないんだ」という顔で覗《のぞ》き見したことがあるが、二度実行したあとで、限界だな、と思った。これ以上やったら不審者と怪しまれるかもしれない。いくら立ち入り自由とはいえ、教育文化センターに頻繁にやってきては、ただただ徘徊《はいかい》するおかしな女がいるとの噂《うわさ》がエノマタさんの耳に入ったらたいへんだ。

もしもかなうならば、わたしは、わたしという者がこの世にいると認知された上でエノマタさんと話がしたかった。そのときがくるまで、できれば存在を知られたくなかった。

エノマタさんの生活パターンをリサーチするおり、わたしはエノマタさんに接近しないように心がけている。エノマタさんの視界に入らないよう腐心している。

アパートからエノマタさんの職場までは徒歩七分。そこからエノマタさんの住むマンションまでは徒歩二十一分。散歩が趣味ならぶらついていてもおかしくない範囲だ。

偶然すれ違うことも充分ありうる。だが、朝、マンションの前ですれ違い、昼、お弁当を買いに行ったコンビニで出くわし、夜またマンションの前で行き合ったら、へんだろう。そういうことが重なると、つきまとわれている、と警戒されても致し方ない。

当初は、サブリミナル効果みたいなものを期待して、日ごろから何度も何度も何度も何度もさりげなくエノマタさんの視界に入っておけば、いつか、相対したときに、なぜかは知らないが、なんともいえない親しみを感じてもらえるのではないかと考えていたのだが、方針を変えたのだった。

きっかけは春原理絵子のひとことである。

4

理絵子はバイト先の同僚だ。

ルノアールではたらき始めたのはわたしが入店する前日で、しかも同い年だったので、店のなかではもっともよく話をする相手である。

顔のつくり以上にきれいに見えるのは、肌つきとスタイルがいいからだろう。制服を着ていても足の長いことがひと目で分かる。ちいさな顔に墨で書いたようなこぶりの目鼻が品よく配置されていて、化粧もあっさりしたものだ。勤務中は、長い髪を黒いゴムでひとつに括《くく》る。仕事が終わると、髪をほどく。はずした黒いゴムを白い手首に通して、彼氏と住むアパートにまっすぐ帰るのだった。

「なんか、いいにおいしますね」

初めて顔を合わせた日、ひと通りの自己紹介をすませたあと、休憩室でわたしは訊いた。

「えーなんもつけてないよー」

理絵子はリステリンで口をゆすぐときみたいに、くちゅくちゅと唇を動かしてから、そう答えた。

「そうなんだー」

いや、なんか、くだものみたいな、すごく自然ないいにおいが、そこはかとなくするから、いいなーと思って、とわたしはしきりにうなずいたのち、そうなんだー、と、も一度いった。理絵子も、ふうん、そうなんだー、と午後の紅茶をひとくちのんだあと、なんかありがとーと浅く頭を下げた。わたしもい・ろ・は・すをひとくちのんで、頭を下げ、どういたしまして、を表現した。

「ミクシィとか、やってる?」

ややしばらく間があいて、理絵子が訊いてきた。

「放置気味だけど、まあ、いちおう」

「ネームとか、訊いていい？」

「ふつうに吉田、と」

「本名をそのまま使ってるの？」

「よくある苗字《みょうじ》だし」

そういうユーザー名っていうの？　考えるのがちょっと面倒で、と鼻の頭をかいたら、あー分かるーと理絵子が深くうなずいた。

「一生懸命考えたんだろうなあ、って分かっちゃう名前や、これみよがしのものは、なんだか面映《おもは》ゆくて」

共感してもらったことに力をえて、こうつづけたら、理絵子は、

「これよみがし？」

おーもはゆい？　と細い首をかしげた。

「えーっと」

理絵子のいい方では、「これよみがし」は「これ（は）、よみがし（というお菓子です）」に聞こえ、「面映ゆい」は「おーもは・ゆい」という人名に聞こえた。相手が前

田なら、すかさず突っ込むシーンだが（むろん前田は語彙《ごい》が豊富なのでこの手の失策はおかさないだろうが）、理絵子の無心な表情を前にしては、なにもいえなかった。加えて、高級なひな人形を思わせる端整な顔立ちとの落差がはげしく、むしろ、胸を打たれた。

「いや、まあ、どうでもいいっちゃあどうでもいいことだから」

寝言みたいなものだし。あははは、と笑ったら、理絵子も、どうでもいいんだーといって、笑った。とても愉《たの》しそうに見えた。理絵子はのけぞって笑っていたので、真っ白いのどがふるえているのが分かった。ひとしきり笑ったあと、合わせた両手を顎《あご》にあてて、独白した。

「あーおもしろかった！」

え、そんなに？　ていうか、なにが？　と訊きたかったが、堪《こら》えた。代わりに、

「それはよかったです」

と微笑した。うん、ほんとうによかった、と短く何度もうなずいた。

その後ふたたび間があいて、理絵子が、あたしのミクシィネームはりえぽんなのと打ち明けるようにつぶやき、つづけて、よかったらリアルでもりえぽんと呼んでもらいたいと頼んできたが、わたしは「ぽん」づけで呼ぶのはまだ早いような気がする、

とよく考えてみたらあんまり理由になっていない理由で断った。理絵子はとくに気にするふうではなく、あー分かるー、とコックリうなずいて、そうだよねー、「ぽん」はまだ早いよねー、と納得したようだった。

そんな理絵子がその日の夕方、エノマタさんにアイスコーヒーを運んだのだった。そしてエノマタさんは理絵子を見上げ、「お」という顔をしたのだった。

たしかに理絵子は、初めて会うひとに、「お」という顔をされる雰囲気を持っている。話をすると、おやおや、になるのだが、それもまた理絵子独自の奇妙な魅力になっている、というのはともかく、わたしは思った。

だから、エノマタさんが、理絵子を見て、「お」という顔をしてもふしぎでもなんでもないのだ。

エノマタさんが会計をしたときも理絵子がレジに入っていたのだが（新入りだから先輩がそばについていたけれども）、そのとき、エノマタさんは表情を変えなかった。自分が代金を支払った相手が最前のウエイトレスだと気づいていないような感じだった。

つまり、エノマタさんが理絵子に継続的な深い関心を寄せたわけではないのだ。理絵子がエノマタさんの好みと決まったわけでもない。

ただ、一瞬、ちょっと、気になっただけだ。それだけのこと。

なのに時間が経つにつれて、気がかりになっていった。

エノマタさんに関しては、理絵子が一歩リードしている、と感じる。理絵子には同棲している彼氏がいるし、そもそも理絵子に「一歩先んじている」自覚はないだろうから、完全にわたしのひとり相撲なのだが、不安は不安だ。

直感だが、理絵子にはかなわないと思うし、理絵子的な女子にもかなわないと思う。わたしのなかに理絵子的なものはない。なかばかりではなく、外にもない。わたしはどちらかというと目が大きいほうで、はっきりとした顔だちだ。理絵子いわく、「よっちゃん（と理絵子はわたしを呼ぶようになった。いわずもがなだが、吉田のよっちゃんだ）の顔って、すごく『顔』って感じがするー」顔だ。なお、理絵子は自分の顔を「顔になりかかってるって感じの顔」といいあらわしている。よく分からない。

だが、もしもわたしが理絵子なら、あー分かるーというんだろうなあ、と思う。その前に、おもしろーい、と心から笑うかもしれない。

「りえぽん（結局、わたしは、理絵子をそう呼ぶようになった）って、どうしてそんなにいつもおだやかなの？」

ある日、言葉を選んでわたしは理絵子に訊いてみた。

理絵子はつねにのんびりしている。店が立て込んでいても、注文をまちがえて客に嫌みをいわれても、気にしているようには見えない。反省しているようにも見えないのだが、とにかく、なにがあっても、いつでも、いつも同じ調子なのだ。

「あーそれはねー」

理絵子はにっこりと笑み、くちゅくちゅと唇を動かしてから、

「あらかさまにするのが好きじゃないからなの」

とちいさな声でいった。

わたしは少し考えて、

「あー分かるー」

と、つぶやいた。

理絵子はきっと、本心の部分から、自分の感情やものごとをはっきりさせたくないのだろうなあ、と思った。だから、理絵子には、ふわふわと柔らかにただよっている感じがするのだろうなあ。

はっきりさせたくない、という方針はわたしにとって新しかった。できうるかぎり早いとこ黒白をつけたいと思っていたのだった。でなければ東京に出てきた意味がないではないか。だが、急《せ》いてはことをしそんじる、なのだ。そうだよ、急いてはことをしそんじちゃうんだよ、と胸のうちで唱え、ゆるゆるいこうぜ、と自分自身をはげました。

5

仕事のある日は、朝か夜、エノマタさんの出退勤に合わせてマンションのすぐ近くにある都電の停留場にそっとたたずみ（この行為をわたしは「お勤め」と命名した）、休みの日は朝と夜のお勤めのほかに、昼間、教育文化センター近くのバス停留所にたたずみ、昼食に出るエノマタさんをひと目見ようとした。

そこへ二週に一度の図書貸し出しコーナー通いが加わったのは三ヶ月前だ。いよいよ本丸に突入の気味がある。エノマタさんとついに接触できるかもしれないと思えば、胸が高鳴る。

なにを読んでいいのか分からなかったので、「すぐに借りられそうな本」をテーマに選ぼうと思った。そんならベストセラーのぎゃくだろうと考え、近代文学を借りることにした。夏目漱石《そうせき》全集を一冊ずつ借りている。書店でよく見かける単行本よりひとまわり大きく、そのわりに字がちいさい。でも、ちゃんと読んでいる。

借りた本はかならず読んだ。いつ、たまたま手が空き、図書貸し出し担当になったエノマタさんに、「どうでした?」と感想を訊かれるか知れないからだ。だが、読んでいくうち、少しだが、おもしろいと思うようになった。わたしはどちらかというと、辛気くさいものより活《い》きのいいもののほうが好きなようだ。

夏目漱石全集を返して借りる、を繰り返しているが、エノマタさんが貸し出し担当になったことはまだなかった。いつも年配の男性が出てくる。同じような顔つきと雰囲気だが、どうも三人いるようである。それぞれと顔なじみになりつつあり、べつだん私語をかわすわけではないのだが、なごやかな空気がただようようになった。はい、いつものね、と柔和にほほえまれると、わたしはエノマタさんの上司に好感を持たれている、と思う。エノマタさんに近づいた気がしてならない。

そんななか、バイト先の店長にデイトに誘われた。ディズニーランドに行ってみない?　とのことである。札幌から出てきて、まだ友だちもいないだろうから、ぼくでよければ、みたいなスタンスだったが、わたしと付き合いたそうだった。「なるべくなんでもなさそう」な表情をつくろっているのが見てとれた。

店長は平面的な顔をした中肉中背の三十半ばの男性だ。感じはいいし清潔感もあるのだが、別居中の妻がいるのが難点だった。夫婦関係はすでに破綻《はたん》していて、あとは手続上の問題をクリアするだけ、というのが店内に流布《るふ》している噂だ。とくに女好きとの声も聞こえず、ウエイトレスに片っ端から手を出しているなどの悪評も立っていない。

数あるウエイトレスのなかで、わたしが選ばれし者と思えば、気分はわるくなかったが、わたしにはエノマタさんがいる。丁寧にお断りした。訊かれもしないのに、なぜならば、好きなひとがいますので、と口走ったのは、高揚していたからだと思う。

「そのひとと、うまくいくといいね」

店長がそういってくれたので、あやうく涙ぐみそうになった。やはり、相当高揚していたのだろう。

それっぽかりのことなのに、上げ潮に乗っている、と実感されてならないのだった。きている。波が。

理絵子にいったら、あー分かるー、とつねより深くうなずいた。もはや予定調和のやりとりだが、わたしはうれしかった。理絵子はさらにこういった。

「よっちゃん、最近、なんか、目がきれいになった」

いきいきしてる？　って感じ？　と半疑問形で付け加え、それから、うん、いきいきしてる！　と断言した。

ふと前田と話をしたくなったのは、理絵子にそういわれた夜である。

6

夏目漱石全集をたずさえて、いつものように図書貸し出しコーナーに行った。急いでいた。

六時五十分。図書貸し出しコーナーの利用時間は夜七時までだ。

仕事が退けて、店を出ようとしたら、理絵子がじつは彼氏とけんかして、と泣き出したので、ファミレスで小一時間ばかり話を聞いていたのだ。

理絵子が感情をおもてに出すのはめずらしい。しかも負の感情だ。思い返せば、理絵子はきょう一日元気がなかった。鼻の頭が赤いので、風邪でもひいたのかと思っていた。休憩時間に白目が充血しているのに気づき、アレルギー？　と訊いたら、そんな感じかも、とハンカチを鼻の下にあてた。

彼氏のよろしくない行状を、わるくちを述べ立てる、というふうでもなく理絵子は話した。ファミレスに着いたときにはもう泣いていなかった。話している最中も泣かなかった。

だめな男の見本のような事例を聞き、わたしは理絵子になんと言葉をかけていいのか分からなくなり、りえぽんの好きにすればいいよ、とだけいった。それでも好きなら仕方ないし、とつづけたら、理絵子は、ちいさな顔をかたむけて、唇をくちゅくちゅと動かしてから、あたし、あのひとのこと、もともとそんなに好きじゃなかったかもしれない、と表情のない顔でいった。ふう、と息をつき、あーあ、あらかさまにしちゃった、と長い髪を括っていた黒いゴムをするりとはずした。気持ちが少し落ち着いたようだった。いつもは仕事が終わるとすぐに髪をほどく。

「なんか、やっぱり、友だちの前だと本音が出ちゃう」

と目を合わせてこられ、わたしは、あー、分かるー、とようやくいった。

そうか、理絵子はわたしを友だちと思っていたのか。それも親友レベルの友だちと思っているのかもしれない。気が重くなって、今後理絵子とどう接したらいいのだろう、だってわたしは理絵子をバイト仲間としか思っていないし、どう考えても友だちになれるタイプじゃないし、でも理絵子はすっかりその気だし、今後わたしは理絵子とどう接するのがベストなのかなあ、だってわたしは理絵子をバイト仲間としか思ってないし、とスパイラル状に案じているうち、図書貸し出しコーナーに到着していた。カウンターまで歩いて行って、トートバッグから夏目漱石全集第六巻を取り出したら、エノマタさんが目の前に立っていた。

「あ」

口を開けたわたしにエノマタさんが、

「返却ですか」

と訊く。

「そうです、そうです、返却です」

返却なんです、とうわごとみたいに繰り返し、わたしは本をカウンターに載せた。

咄嗟《とっさ》に、

「これも返却」

と、トートバッグをごそごそやって、三色ボールペンをエノマタさんに差し出した。

エノマタさんは目尻《めじり》のしわをやや深くしてあいまいに微笑した。なにがなんだか分からない、というふうだった。ひきかえ、わたしの顔には、すっぱだかの笑みが浮かんでいたはずだ。瞬時、迷った目をしたのち、エノマタさんに笑顔が浮かんだ。

「どこかでお会いしたことがありましたよね」

それがどこかは思い出せないんだけど、とエノマタさんは三色ボールペンを手に取って、プロペラみたいにくるりと回した。

じゃばら

1

チョコレートでは芸がなかろうと思っていた矢先、似顔飴《あめ》をつくるという飴細工の店を知った。写真を持って行けばいいらしい。できあがるまで少々日数はかかるようだが、たいした問題ではない。きょうはまだ二月一日。早めに注文すればいいだけだ。値段は、色の数や造形のこまやかさによって異なるという。飴細工店のサイトを熟読し、高くても三千円を少し出るくらいだと見当をつけた。

三千円。妥当ではないか。

わたしの給料は手取り十四万前後である。家賃や食費や光熱費を差し引きすると自由に使えるお金はそう多くない。というか少ない。有り体にいうとわずかだ。だから、三千円のプレゼントを用意するのは「ちょっとだけがんばりました」というゾーンでの「妥当」だった。

なにしろ初めてのバレンタインである。がんばりたい。どう考えてもがんばりどころだ。だが、あんまりがんばりすぎてもいけない。エノマタさんの負担にならない程度のがんばりが望ましい。

はっきりとは聞いていないが、エノマタさんの給料もそう高くはないようだ。わたしたちが行くのは池袋の焼き鳥居酒屋で、会計するさいの比率もおおよそ決まっている。

「じゃあ、吉田さんは二で」

請求書に目を落としたあと、エノマタさんはそういって控えめに指を二本立てる。二・五《ニーゴー》で、のときもある。そのときは、指を二本立ててから、五本の指を全部はなして、ちいさく広げる。チョキとパーだ。

わたしはグーを出して、じゃんけんかい！ と突っ込みたくなるのだが、それをやるほどわたしとエノマタさんは親しくない。だからわたしは、いいんですか、いつもすみません、としおらしく頭を下げる。二千円か二千五百円を財布から出し、エノマタさんに渡す。

「あ、いえ、どうも」

エノマタさんはわたしと目を合わさずにお金を受け取る。すうっと席を立ち、レジに向かう。わたしはエノマタさんが支払うようすを後方からながめる。

トータルの代金はつねに七千円から七千五百円のあいだだった。わたしの推測では、エノマタさんは自分の支出が五千円におさまるようにしている。

いやな推測だ。他人のふところ事情を小意地のわるい視線で探っているようで、品がない。好きなひとの経済状態を正確に把握しようとしていると考えればまだましだが、それでも、あら探しをしようとしている気配はぬぐえない。

とはいうものの、エノマタさんがわたしとのデイトで支出上限を五千円程度としているのは、当たっていると思えてならない。百歩ゆずっても「当たらずといえども遠からず」だろう。わたしは、気づいてしまった自分を放り投げたくなる。エノマタさんは気づいてもらいたくないに決まっている。なぜ、もう少しおっとりできないのか。

だが、もっとこまかいことをいうと、たとえばわたしの出すぶんが二・五で、そのときわたしに五百円玉の持ち合わせがなくて、三千円を渡した場合、レジで支払いをすませたエノマタさんはおつりと称して五百円を返してくれるのが一連の流れで、その流れのなかには、わたしが（おつりは）けっこうですと顔の前で手を振って遠慮する行為もふくまれているのだが、数度に一度、エノマタさんは、

「そう？」

といって五百円玉をコートのポケットに入れることがあるのだった。

エノマタさんはわたしよりも十九も歳上《としうえ》だ。四十二歳だ。そのくらいの年齢の男のひとが若い女子に全額おごれないのにはじくじたる思いがあるだろう。

わたしにいったん差し出した五百円玉を、きちんと財布に戻すのではなく、無造作にコートのポケットに入れるしぐさを目にすると、わたしはエノマタさんに恥をかかせたような気がして仕方ない。家に帰って、コートを脱いで、ポケットから五百円玉を取り出し、小銭入れにしまうエノマタさんを想像すると、やるせない心持ちになる。そのくせ、もっと恰好《かっこう》つけてくれたっていいんじゃないかな、とも思うのだった。一度くらい全額おごってくれてもばちは当たらないのではないだろうか。

ふたりで会うようになってから、クリスマスだってあったのだ。クリスマスも池袋の焼き鳥居酒屋だった。焼き鳥や手羽の揚げたのやシーザーサラダをたべてから寄ったバーではごちそうしてもらったが、それはおそらくわたしの贈ったネクタイが、エノマタさんの用意していたとてもちいさなポインセチアの鉢より高価だったことにたいする、エノマタさんなりの配慮だったと考える。

わたしがエノマタさんのために選んだイギリス製のネクタイは一万円近くした。エノマタさんも値段を察したらしく、たいそう恐縮していた。これはどうも、これはどうも、とむやみにぺこぺこ頭を下げるので、わたしはひどく居心地がわるくなり、知り合いの伝手《つて》があったので二束三文なんですよ、と嘘《うそ》をついた。デパートの包装紙ではなく、手作りのラッピングにしていたため、怪しまれなかったはずだ。

ひとりで浮かれて張り切って、ばかみたいだと思った。だが、以降、エノマタさんはわたしと会うとき、かならずそのネクタイをしめてくれる。わたしが気づかぬ振りをすると、わたしの視線を自分の胸もとに持ってこようと注意をひく動作をする。

どうもエノマタさんは、わたしとの付き合いのなかで、いつもなにかをあいこにしようとしているようなのだ。漠然としたいい方だが、わたしはそう感じる。ただし、あいことといえども上限がありそうで、焼き鳥居酒屋の支払いに喩《たと》えるなら、いつも自分の持ち出しが五千円程度におさまるようにバランスを取っているように見える。

エノマタさんと会っているとき、わたしはたまに、がんばれ、といいたくなる。わたしほどじゃなくてもいいから、ちょっとはがんばってくれてもいいのではないか。

2

エノマタさんと初めてふたりきりで焼き鳥居酒屋に行ったのは、初めて言葉をかわしたその日だった。

去年の十月下旬の話である。

場所は教育文化センターの図書貸し出しコーナー。

時刻は利用時間終了間近の午後六時五十分であった。

わたしは夏目漱石全集第六巻を返却しに訪れた一介の利用者にすぎなく、エノマタさんはその夜たまたま図書貸し出しコーナーの担当に振り分けられた教育文化センターのいち職員にすぎなかった。

「どこかでお会いしたことがありましたよね」

それがどこかは思い出せないんだけど、とその職員がいった。やせた中年男性で、上背はそこそこあったが、肩幅は広くなかった。カウンターに片手をついて、腰の重心を静かに移し、わたしの顔をよく見ようとする。アルバムのなかの写真を見るようなまなざしだった。その職員が身動きすると、トチノキの葉が落ちたような音がした。

その職員が声をかけるのより先に思い出したのはわたしのほうだった。急いでトートバッグから三色ボールペンを取り出した。バイト先の喫茶室にその職員が忘れていったものだ。走って追いかけたのだが間に合わなかった。試し書きをしてみたら書きやすかったので無断で借用していたのだった。

「これも返却」

三色ボールペンを差し出した。その職員は三色ボールペンを手に取って、プロペラみたいにくるりと回した。

「喫茶室で」

と、わたしはいった。

「区役所の近くの」

四月くらいに。くるり、くるりと三色ボールペンを回すその職員の指を見ているうち、わたしの頭にかれが忘れ物をしていったときの映像が流れ始めた。かれのうしろすがたがゆっくりと雑踏にまぎれていく映像である。ああ、見えなくなった、と思っていたら、目の前の三色ボールペンが動きを止めた。

「ああ、あのときの」

ウエイトレスさん。かれは一度浅くうなずき、それから深くうなずいた。あのときの、と繰り返す。

「そうです、あのときの」

わたしもうなずいた。かれの目が微笑していった。あたためられたようなほほえみだったが、目の真んなかの一点は解凍されていなかった。無表情なのである。

用心深いひとなのだな、と思った。よほど人見知りをするのだな。

どんなに感じがよくても、そういう目をしたひとがいる。わたしは、個人的に、インコ目と呼んでいる。インコの目は点のようなかたちをしていて、一見、コツンとつめたい。だが、慣れてくると、そうでもないことが分かる。さまざまな表情があると知る。それでも、つまりどんなに慣れても、コツンとしたつめたさを感じるときがある。

ひとあたりはいいが、打ち解けるまでに時間がかかるタイプは、わたし調べで恐縮だが、だいたいインコ目をしている。

図書貸し出しコーナーの天井から落ちる蛍光灯のあかりに照らされ、かれのインコ目がわたしのなかでクローズアップされた。これはちょっと手強《てごわ》いかもしれない、というような「雑感」が胸をよぎった。ファイトが湧《わ》いてくるような感じもした。

いまにして思えば、わたしはこのときすでにかれのことを好きになっていたのだ。

「ありがとうございます」

かれは軽く頭を下げた。

「どこで失《な》くしたのかと思ってました」

独白するようにつぶやいて、

「そうか、あのときか」

と、完全に独白した。

「ええ、ええ、あのときです」

わたしはそう応じたが、かれのほうにさしたる反応はなかった。三色ボールペンを見ながら、うん、うん、といっている。

えーっと、では、これで、とわたしはカウンターに手をついた。

「わたしは、これで」

失礼します。もう七時すぎてるみたいですし。円い壁掛け時計を指で差し、利用時間が終了したことを告げた。かれも壁掛け時計に目をやって、あ、ほんとだ、というふうに口を開けたり閉じたりしてから顎《あご》に手をあてた。三色ボールペンを持っているほうの手だ。中年男性にしてはくたびれていない、華奢《きゃしゃ》な、白い手だった。

「ちょっとこう、おなかもすいてますし」

目を伏せてそういったのは、あとひと押し、という直感がはたらいたからだった。わたしが見るかぎりでは、そのとき、図書貸し出しコーナーに隣接している事務所に残っている職員はかれひとりだった。わたしが夏目漱石全集第六巻を返却にきたときにはもうひとりじいさんがいたのだが、そのじいさんは間もなくどこかに行ってしまった。

「ごはん、たべてないんですか？」

かれがもの柔らかな口調で訊《き》いてくる。

「たべたんですか？」

わたしもできるだけ柔らかな口調で訊いた。おいで、おいで、と見知らぬ猫を呼び寄せるような気持ちだった。

「たべてないです」

かれは口のなかであははと笑い、数秒考えてから、とある場所を口にした。教育文化センターから割合近くの古道具屋の名を告げ、知ってますか、と早口の小声で訊《たず》ねた。なぜ早口の小声になったかというと、じいさんが事務所に戻ってきたからだった。じいさんは、聞こえよがしに、あーよっこらしょ、といいながら席についた。

3

「えーそれから池袋まで歩いたの？」

おなかすいてるって前提なのに？　てくてくって感じで？　けっこう寒くなかった？

それまでおとなしく聞いていた春原理絵子がまとめて口を挟んだ。いつものように間延びしたものいいだったが、疑問形の四連続は急いた印象がある。

「勤め先の近くの店は人目に立つと思ったんだと思うよ」

歩いたっていったって二十分くらいの距離だし。そんな寒くもなかったし。答えながらわたしはりえぽんが柔軟体操をするさまを見ていた。りえぽんは百八十度近くまでひらいた足のあいだに上半身を倒している。床に顎をつけたり、横向きになって耳をつけたりしている。かのじょは毎晩これをやる。日課だそうだ。さぼるとからだが硬くなってしまうとのこと。

「んーでもやっぱりけっこうあるような気がするー、池袋まではー」

タクシーならワンメーターだよね、と上半身を起こした。自分の足をもののように持ち上げて、抱える。ふともも に頬を寄せたり、ひたいをつけたりする。

「ワンメーターなら歩いたっていいじゃん」

わたしは揚げ餅《もち》をひとつつまんで口中に放り込んだ。小粒がんこ揚げだ。コンビニで買った。醤油《しょうゆ》味だがさほどしょっぱくない。このところ気に入っているお菓子だった。テーブルにティッシュを広げ、その上に袋からざらざらと出した小粒がんこ揚げをひとつずつたべるのが、このところの夕食あとのお楽しみなのである。

「べつにいいけどー」

もう片方の足の抱え込みを終えて、りえぽんが立ち上がる。今度は足を前後にひらいていく。股間《こかん》が床につくまでひらききり、上げた両手で頭の上に輪をつくった。毎晩思うが、バレリーナみたいだ。だが、りえぽんにバレエの素養はないそうだ。レッスン、みたいな雰囲気が出るかなと思ってやってみているそうである。そうしていながら、

「えーでもタクシーくらい」

といやにこだわった。柔軟体操をしているせいで血色のよくなったりえぽんの頬を見ながら、わたしはほっとしていた。いままでわたしが話したなかで、りえぽんが気になったのは、エノマタさんがタクシーを使わなかった点なのだ。三色ボールペンの

くだりではなく。

「りえぽんはお金持ちがいいんだよね」

念を押すようにいった。

「うーん、ていうか、ふつうならいいんだけど」

毎日はたらいて、ちゃんとお給料をもらって、イラッとしてもそのへんにあるものを投げたりしないひと。合間合間でふうっと長く息を吐き出しながら、りえぽんは上半身を前にたおしたり、のけぞったりしている。からだの線がとてもきれいだ。

4

バイト先の喫茶室で同僚だったりえぽんは、十月末に同棲《どうせい》していた彼氏と別れた。くだんの彼氏は、りえぽんいわく「毎日はたらかず、ちゃんとお給料をもらってこず、イラッとしたときにそのへんにあるものを投げたりする」点をのぞけば、そうわるい男ではなかったらしい。そのみっつだけが難点だったとしているところに、りえぽんのいかんともしがたい「ゆるさ」がある、とわたしは見ている。ぎゃくにいうと、その「ゆるさ」ゆえ、一年半も同棲できたのだろうが。

彼氏の収入源は親と祖父からの仕送りだったようだ。もともとは大学生だったので学費と生活費を実家から送ってもらっていた。実家は鳥取だったか島根だったか忘れたがとにかくそのあたりの県で、親はそこで食品工場を営んでいるらしい。祖父が初代社長だから親は二代目だ。りえぽんの彼氏が三代目ということになる。長男だからだ。

三代目にして初の大卒になるべく上京したが、元来勉強がそう好きなほうではないからだんだん大学にいかなくなり、やがてまったくいかなくなった上に授業料もおさめなかったので除籍になった。だが、学費と生活費は依然として親から仕送りしてもらっている。祖父からは小遣いが毎月届く。二十九にもなって毎月だ。なぜなら、かれは、大学を受け直し、さらに院まで進んだことになっているからなのだった。

どこの大学院生ってことになってるの？　とりえぽんに訊いたら、慶応じゃない？との返答だった。りえぽんと知り合った当初もそのような詐称《さしょう》をおこなったらしい。ちなみにふたりが出会った場所は東京タワーの展望台だそうだ。りえぽんがそこの売店でバイトをしていたのだ。

りえぽんが彼氏と別れた直接のきっかけは、鉄アレイだった。

昼夜逆転でオンラインゲームや2ちゃんねる閲覧に興じて日をつぶす彼氏の生活態度を、りえぽんは漫然とながめていたようだ。その日も、パソコンに向かう彼氏のそばに突っ立ち、「へー」といった。「ただながめて、『へー』っていっただけ」なのに、彼氏に、実家に帰ればいやでも毎日決まり切った生活を送ることになるのだから、東京にいるあいだくらい自由でいたい、とかみつくようにいわれて「びっくりした」そうだ。

そうこうするうちに、彼氏は、りえぽんがため息をつくだけで、そのときかれの手近にあったもの——スナック菓子や空き缶や脱ぎっぱなしの靴下など——を「怒っているのか死んでいるのかよく分かんないような目」をして素早く投げてくるようになった。食事の最中なら、箸《はし》やフォークを投げつけるようになった。さすがに箸やフォークは壁に向かって投げるのだが、りえぽんは充分恐怖を感じた。りえぽんのため息はかのじょのむかしからの癖で、深い意味なんてちっともなかったから、りえぽんはなぜ彼氏が急に苛立《いらだ》つようになったのか皆目見当がつかず、「ハッキョーした」のかと思ったようである。

真実恐怖にさらされたのは、日課の柔軟体操を終えたりえぽんが、はい、きょうのミッション終了、と声に出さずにいったあと、やはり口のなかでぱちぱちぱちといいながらひと差し指同士を合わせてこっそり自分をほめた直後だった。背なかを向けていた彼氏がパソコンをひっくり返し、そばにあった鉄アレイをつかんで振り向いたのだという。

投げつけられはしなかったが、はげしい言い争いはあったようだ。りえぽんは「あたし、たぶん生まれて初めての」大声を出した。でも、「彼氏の声のほうがだんぜん大きかった」そうだ。狭いひと間を歩き回ってはだん、だん、だん、と力いっぱい床を踏み鳴らしたり、腹立つなあ、もう、とひとりごとを叫んだりしたらしい。

りえぽんは、その夜、ぜんぜん眠れなかった。涙が次々流れてくるのだが、鼻の穴と口を開けて、ゆっくり呼吸し、声は漏れないようにした。むろんふとんは頭からすっぽりとかぶっていた。とはいえ、ふとんをかぶって眠るのは彼氏が夜通しパソコンに向かうため、部屋のなかが明るくて仕方ないから日常的にやっていたことだったのだが。

別れようかと思って、とりえぽんが彼氏に告げたのは、明くる日、バイトから帰ってきてすぐだった。玄関で、立ったままいった。だろうな。彼氏はそういって、低く、ふふっと笑ったあと、鼻をかんだそうである。

アパートを出たりえぽんは、その足で、わたしのもとにやってきた。

たしかに、その日、わたしはバイト先でりえぽんから「今度ゆっくり相談したいから、よっちゃんの家にあそびに行ってもいい？」といわれ、「いいよ」と請け合っていた。その前日には、彼氏と別れるかもしれないと打ち明けられ、ファミレスで一時間ばかり話を聞いていた。だが、まさかほんとうにやってくるとは思わなかった。

「いまさっき別れてきたの」とりえぽんは、ぱんぱんにふくらんだ大きめのトートバッグをわたしに見せた。部屋に上げたら、ファミレスで聞いたのとほぼ同じ話を詳細に語った。三時間くらいかかり、りえぽんが、「と、いうわけなの」とひたいに手をあてたときには、夜中になっていた。

「泊まってく？」

と訊いたら、にわかに明るい表情になり、「うん！」と返事をした。ふとんはひと組しかなかったから、いっしょに寝ることにした。灯りを消したら、くだものみたいなよいにおいが濃くなった。香水などつけなくても、りえぽんはよいにおいがするのである。わたしとりえぽんは背なか合わせで横になっていた。

「新しいアパートが見つかるまでここにいてもいい？」

りえぽんがくぐもった声でいい、

「……いいよ」

とわたしは答えた。なんだか知らないが、それ以外答えようがない気がした。わたしのお尻《しり》にはりえぽんの薄いお尻がかすかにあたっていた。その感触が頼りないものに思えた。エノマタさんとふたりきりで食事した明くる日の夜でもあった。わたしは、多少、心が広くなっていたのかもしれない。

わたしの部屋に寝起きするようになったのをしおに、りえぽんはバイト先を変えた。いくら友だちでも一日じゅう顔を合わせるのは「なんかちょっと窮屈かもー」と考えたようだ。

現在、りえぽんは、西池袋にあるクリーニング店でバイトをしている。なけなしの貯金をはたいてふとんを買ってしまったので、ひとり暮らしをするための資金はほとんど一から貯《た》めなければならない状況である。なのに、時給は下がってしまった。りえぽんはひんぱんに「夜もはたらきに出ようかなあ」と口にした。そのたび、わたしは反対した。りえぽんが夜の勤めに出たら、めんどうごとが起こる予感がぼんやりとだが確《しっか》とあった。りえぽんの起こしためんどうごとは、なんらかのかたちでわたしにもふりかかるような直感がくっきりとはたらいたのだった。

折半していた家賃を全額わたしが持ち、本来支払うはずの額をりえぽんが貯金するという約束で折り合ったのは先月だ。「つもり貯金だねー」とりえぽんはふくふくとした笑顔を見せ、「友だちっていいなあ」と声をはずませた。

5

「べつにタクシーにこだわってるんじゃなくてー」

柔軟体操を終えたりえぽんは、冷凍庫から出してきたカップアイスにスプーンを突き立てている。や、こだわってるのかもしれないんだけどーと、まだ固いアイスにスプーンの先をめりこませてはちょっとほじるという行為を繰り返す。

「お腹《なか》が空《す》いていたら、しあわせじゃないじゃない。その上寒かったらもっとしあわせじゃないでしょ。んー、あたしはねー、だれかを大事にするって、そのひとをなるべく早くあったかくしてあげることのような気がするの」

「りえぽんのいわんとするところは、だいたい分かるよ」

わたしは答えた。でも、りえぽんのいう「しあわせ」とか「寒さ」とか「あったかさ」って即物的すぎると思うんだよね、とはいわなかった。代わりに、

「わたしは、エノマタさんとふたりで夜道を歩けてあったかい気持ちになったよ」

と、わりにじっくりとしたトーンでいった。

エノマタさんと、待ち合わせ場所の古道具屋から東池袋まで明治通りをまっすぐ歩いたのだった。しかし、よく思い出せましたね、ええ、なにしろバイト初日の出来事でしたから、あ、ぼくもあの日はこちらに転入届を出した日で、というような会話をかわした。

話者が代わるたびに、三、四歩歩くくらいの間が自然にあいていたのだが、ふたりが出会った日は、それぞれなにかをスタートさせた記念日だったと知ったときにはほとんど間を置かずに、いやー偶然ですねえ、ほんと、すごい偶然ですよねえ、といい合った。

「あーそっちのほうね」

りえぽんはアイス掘りを継続しつつ応じた。

「うん、そういうのもいいよねー」

でも彼氏はあたしがお腹すいて外が寒かったらすぐタクシー拾ってくれたんだよね。りえぽんは、そろそろ柔らかくなり出したアイスを、もっとなめらかにしようとスプーンでかきまわし始めた。

「まあね、それもひとつのやさしさっちゃあ、やさしさだけども」

わたしが言葉を濁したら、りえぽんは、

「でも自分のお金じゃないからねー」

とスプーンを舐《な》めた。

「ねー」

わたしは小粒がんこ揚げを口に入れ、乱暴に咀嚼《そしゃく》した。

「だったら歩いたほうがあったかくなるよねー」

りえぽんはクリームみたいになったアイスをスプーンにのせ、丸めた舌を使って上手にさらった。

「うん、エノマタさん、いいかもねー」

とつづけたので、わたしは力なく、

「ねー」

といった。

6

りえぽんにエノマタさんとのことを話したのは初めてだった。

もちろん、りえぽんはわたしに付き合っているひとがいるのは知っている。

だが、どんなひとなのかはしつこく訊いてこなかった。付き合うようになった経緯も訊かれなかったからいわなかったし、なぜわたしが札幌から東京に出てきたのかも話していない。

だから、りえぽんは、わたしとエノマタさんのなれそめを、わたしが話して聞かせた通りだと思っているはずだ。

まさかわたしがひとめぼれしたエノマタさんを追いかけて上京し、エノマタさんの情報をあつめるために一般的にはストーカーと呼ばれるような、軽度のつきまとい行為をしていたとは想像もしていないだろう。

りえぽんは、わたしとはタイプがちがう。かのじょはたとえ好きなひとができたとしても、それがやり場のない思いを持てあます片恋だったとしても、きっと、わたしのような行動は取らない。というより、りえぽんが全身でだれかを好きになること自体、考えられない。りえぽんの感情の起伏はわたしよりもずっと少ない。

ふるさと札幌に残した親友・前田なら、

（あんたみたいな行動を起こすひとのほうがよっぽどめずらしいと思うけどね）

というだろう。しぶしぶではあるが、わたしも前田に同意する。だが、もしも前田が、こうつづけたら、どうだろう。
（まあ、そのりえぽんって子も、めずらしいとは思うけどさ。大概にしろといいたくなるほどのぼんやりさんだし、流されすぎだし、ずっぷずぷにゆるすぎだけど、でも、怖くはないよね。あんたの場合は、ほら、意気込みとか、思い込み具合とか、実際にやってることが全般的に若干怖いから）

ありがとう、前田。

わたしは「怖い」に「若干」をつけてくれた前田の気遣いにまず謝意をあらわし、それからこういう。

りえぽんだって、ある意味「若干」怖いんだよ。

7

高校を卒業し、地元埼玉のとある内科医院に受付事務として採用されたりえぽんは、まじめにはたらいていたのだが、院長の内科医と不倫関係にあると噂《うわさ》を立てられ、もとより仕事のおぼえがわるいと看護師や同僚事務から遠回しに嫌みをいわれていたこともあり、半年ほどで退職した。

その後はあちらこちらでバイトをしていたようだ。

スーパー銭湯ではたらいていたある日、ひとりの女子バイト仲間が東京の不動産屋に就職するため都内に引っ越すことになった。その女子バイト仲間はスーパー銭湯でりえぽんと唯一《ゆいいつ》親しくしていた「友だち」だった。りえぽんは、どこのバイト先でも女子の同僚からゆるやかにつまはじきにされていたようだった。

ただひとりの「友だち」がいなくなると知り、「つまらないような、さみしいような」気持ちになったりえぽんは、その女子バイト仲間が退職する日に、思い切って「あそびにいってもいい?」と訊いてみた。「いいよ、あたりまえじゃん」と笑顔で即答されたので、りえぽんは、「ものすごくうれしかった」らしい。

実際にその女子バイト仲間のアパートにあそびにいったのは、それからわずか数日後だった。ただひとりの「友だち」がいなくなった職場の空気――なにをしてもちいさくチッと舌打ちされるような――に、りえぽんは「いっしょうけんめい我慢して」いたが、どうしても耐えられなくなり、発作的にその女子バイト仲間のアパートを訪ねたのだという。結局、その女子バイト仲間のアパートには、彼氏と同棲するまで居着いていたようだ。

「あのさ、りえぽん」

わたしはりえぽんに訊いたことがある。

「りえぽんがあそびにいったとき、その『友だち』、びっくりしてなかった？」

りえぽんはなんで？　という顔をして、わたしを見た。

「だって『友だち』なんだよ？」

りえぽんがわたしを見つめた。わたしはりえぽんの澄んだ白目を見ていた。

8

それはりえぽんがそう思っているだけなのでは？　とはまさか口にできるわけがない。りえぽんはわたしを「友だち」だと思い込んでいるのだ。

それらしきことをいわれたことはあるにはあったが、訂正せずにいたのがいけなかったのかもしれない。りえぽんのいう「友だち」がおそらく「親友」レベルというのは気づいていた。「親友」どころか、「刎頸《ふんけい》の友」レベルかもしれない。

たまに、そう考えて、ハッとすることがあった。腋《わき》の下につめたい汗がひとすじ落ちていくような、ハッと仕方だった。

いまのところ、わたしはりえぽんの友情にこたえているが、こたえつづける自信はない。むしろなぜこたえなければならないのだろうと思う。同時に、なぜこたえてしまったのだろうとも思う。

りえぽんの実家が埼玉で、ご両親も健在と知っていたのに、どうして、「行くところがないなら、実家に行けば？」といえなかったのか。頼られるのがうれしかったのかもしれないし、白状すれば、りえぽんをじゃけんにしては、寝覚めがわるいと思ったからかもしれない。

エノマタさんと初めてふたりきりで歩いた夜、エノマタさんとわたしが出会ったのがそれぞれの記念日だったという偶然——わたしはそれ以前からエノマタさんと「出会って」いたのだが——をおずおずとよろこび合ったあと、エノマタさんはつと腕を伸ばし、月を指差し、月のにおいはどんなんかなあ、ってちょっと考えたことがあるんですよ、となつかしそうにいった。わたしはエノマタさんの横顔を見ながら、どんなにおいだと思ったんですか？と訊ねた。

やっぱりすてきだと胸を打たれていた。だれがなんていったって、エノマタさんは世界一すてきだ。ひとつひとつはどうということのない目鼻口なのだが、エノマタさんの顔のなかにおさまると、この上もなくすばらしくなる。こんなに間近で見られる日がくることを、「お勤め」と称しエノマタさんの出退勤に合わせてかれの住むマンションのすぐ近くにある都電の停留場にそっとたたずむなどしていた自分に教えてやりたい。

「どんなにおいだと思ったんですか?」

返事がなかったので、もう一度訊ねた。

エノマタさんはかすかに首を振り、まさかあのときのウエイトレスさんに会えるとは、というようなことをはっきりしない発音で口にした。

それだけで、わたしはぴんときた。

あの日、エノマタさんの忘れ物に気づいて、追いかけたのは、たしかにわたしだ。でも、エノマタさんにアイスコーヒーを運んだのはりえぽんだったのだ。エノマタさんは、「お」という顔でりえぽんを見た。これもたしかだ。りえぽんはくだものみたいなよいにおいがする。

エノマタさんと付き合うようになって、前以上にエノマタさんのことを考える時間が多くなった。

榎又辰彦という名前も、携帯の番号も、血液型も、誕生日も、こどものころ好きだったテレビ番組も、札幌の家族のことも、休日のすごし方も、本人から直接聞いた。むろん以前勤めていた会社の話も聞いている。

エノマタさんがはたらいていた広告代理店の得意先が、わたしのはたらいていたデパートだと判明して、わたしもエノマタさんもえーっと声を出して驚いた。さらに、そのデパートが正月に出した、従業員がこぶしを振り上げる新聞広告にわたしも参加していたことが明らかになり、撮影にはエノマタさんが立ち会っていたことが分かった。

まいったなあ、とエノマタさんは頬杖《ほおづえ》をつき、世間は狭いねえ、と感に堪えないふうだった。

偶然すぎますよねえ、とわたしも首をひねってみせた。その新聞広告の撮影のときにエノマタさんにひとめぼれしたのだと思えば、感に堪えなかった。

エノマタさんとは十日に一度くらいの割合で会っている。会うのは平日で、夜七時半に池袋の焼き鳥居酒屋で落ちあう。のんだりたべたりして、会計をすませ、おやすみなさいと別れる。

「次」の約束は会ったときにかわされる。最初のひと月は、わたしが焼き鳥居酒屋で別れたあとに、たのしかったです・おいしかったです・ごちそうさまでした、という趣旨のメールを送り、どういたしまして、と短い返信がきて、ごはんの相手がいないときはいつでも誘ってくださいね、と再度メールを送り、数日経《た》って、なん日のご都合はいかがでしょうか、みたいな返信がきて、焼き鳥居酒屋で会っていた。

それがじょじょに発展し、会ったときに「次」を約束する間柄になったのだった。わたしはうっすらとわたしとエノマタさんが焼き鳥居酒屋で会うのは、エノマタさんが七時まで勤務のシフトのときだけなのではないか、と怪しんでいた。それなら、ほんとうに、ただいっしょにごはんをたべる相手が欲しいだけということになる。実際、のみくいするだけで、冷静に考えると、「デイト」っぽいムードは見つからなかった。

当初わたしはエノマタさんとふたりっきりというだけで、尋常じゃなくときめいていたのだが、ふたりっきりという状態に慣れるにしたがい、ときめくほどのことではないと気づいた。

焼き鳥や手羽の揚げたのやシーザーサラダをたんたんとたべながら、近況のあらすじをたんたんと話すエノマタさんの態度は、食事をともにするほどには親しい知り合いにたいするものとしては適正と思われる。

わたしはおりおり、もてそうですよね、とか、もてたんじゃないんですか、とか、どういうタイプが好みなんですか、とそっち方面の探りを入れたが、もてませんよ、もてなかったですよ、タイプを指定するほどの人間じゃありませんよ、とソフトにはぐらかされた。

一度、わたしたち、どう見えるんでしょうね、と周りの客に目をやりながら訊いてみたことがあった。わたしにしては踏み込んだ問いかけだったが、エノマタさんは、さあ、どう見えるんでしょうねえ、といっただけだった。だが、ぬくもりを感じる声音だったし、表情もにこやかだった。手羽の揚げたのをたべたあとに口もとについたあぶらをナプキンで丁寧にぬぐって、さあ、どう見えるんでしょうねえ、となぞをかけるように繰り返した。

動きがあったのはクリスマスだ。

だいたい十日おきに会うというサイクルがやぶられたのだ。しかもエノマタさんから口火を切った！　エノマタさんはこういった。クリスマスですよねえ、と。どうしましょうか、と。

「会いたいです」

わたしはそう答えた。万感を込めた。じゃ、二十五日に、とエノマタさんは気のいい家庭教師みたいな笑みを浮かべて、やさしくうなずいた。二十四日は休日ごとにあちこち出かけている仲間とのあつまりがあるのだそうだ。メンバーはエノマタさんのほかいとこのみっちゃんというひとを含む三名で、全員同年輩の独身男性だという。

「それなら、ひとりだけ抜けるなんてことはできませんね」

わたしが下を向いてひっそり笑ったら、エノマタさんは、いや、ほんとうにそうなんですよ、とじつに愉快そうに笑った。

クリスマスの日、バーを出たあと、キスをした。

地下にあるバーだったから、店を出るときは階段をのぼらなければならなかった。わたしは少し酔っていて、しっかりした足取りで先を行くエノマタさんの後ろすがたが突如憎らしくなった。忘れ物を届けようと追いかけたエノマタさんの後ろすがたを思い出し、それがやけにゆっくりと雑踏にまぎれていったシーンと重なったのだ。初めて言葉をかわした日に胸のうちでクローズアップされたエノマタさんのインコ目もよみがえった。エノマタさんはインコ目のままだった。何度も何度もいっしょにごはんをたべて、クリスマスにも会ったのに、エノマタさんの目の真んなかはコツンとつめたいままだった。

「エノマタさん」

呼びかけたら、せっぱつまった声になった。ほぼ涙声だった。

どうしたの、と階段を下りてきたエノマタさんの首っ玉にかじりついた。エノマタさんの耳の下に唇をおっつけて、ずっと、ずっと、と泣いた。わたしは、ずっと、としゃくり上げたら、からだを少し離された。それでもむしゃぶりつこうとしたら、唇を覆《おお》われた。舌も入ってきた。腰の引けた入りようだった。気がついたら、わたしはエノマタさんの舌をちょっと吸っていた。無我夢中でからめていた。生まれて初めてのキスだというのに、わたしは積極的だった。がむしゃらだったかもしれない。ようやっと唇を離したあと、エノマタさんが息をついた。わたしはすぐに唇を近づけ、再開を要請した。たべちゃいたい、という言葉がわたしの口から漏れ、エノマタさんは、なんかすごい、とかすかにいった。

9

「でまあ、バレンタインなんだけど」

小粒がんこ揚げをもてあそびながら、わたしはいった。うん、うん、とりえぽんが空になったカップアイスの容器をごみ箱に捨てる。似顔飴《あめ》を贈るアイディアは話していた。いーんじゃなーい？　とりえぽんは手をたたいた。ひとしきり「かわいいー」を平坦に連呼したあと、どうせならよっちゃんの似顔飴も贈れば？　と提案し、おじさんってそういうのよろこぶんじゃないかなー？　とエノマタさんとそんじょそこらの四十男をいっしょくたにして、ひとりでにこにこしていた。そしてー、と顎にひと差し指をあて、助平なことを思い巡らし始めたようだったが、わたしは話をバレンタインに戻した。

「エノマタさんのいとこでみっちゃんってひとがいるらしいんだけど」

同い年で、独身の、と付け加えた。

「えー、なに、そういう家系なの？」

りえぽんの無邪気ないい方が気になったが、聞こえない振りをしてつづけた。

「みっちゃんってひとが、ぼくも若い女の子と知り合いたい、ってエノマタさんにいったらしくて」

はー、はー、はー、とりえぽんはゆるやかに三度うなずき、

「えーっと、彼女の友だちを紹介してほしい、みたいな話、でいいの？」

と確認した。そうそう、とわたしは忙しくうなずいた。

「いとこの彼女の友だちを紹介するだけでいいから紹介してもらいたいんだって」

できればバレンタインの前に四人でごはんでもたべたいなあ、っていうのがみっちゃんさんの希望らしいんだよね。

わたしはここで言葉を区切った。

「どうかな、りえぽん」

と指先についた小粒がんこ揚げのかすを払いながら、りえぽんを見た。

「いいよー」

りえぽんは即座に答えた。

「だって、友だちの頼みだもん」

と細い肩を上下させ、照れてみせた。

「ごめんね。でもよろしく」

わたしはひとつふたつ残った小粒がんこ揚げを皿代わりに敷いていたティッシュごと捨てた。視線を少し延ばしたら、テレビの前に置いてある、とてもちいさなポインセチアの鉢が目に入った。もろもろはっきりさせようか、と胸のうちでいった。

エノマタさんにみっちゃんから若い女子を紹介しろってせっつかれてるんだ、と聞いたのは、今年最初に会ったときだった。その話題が出るまで、わたしは正月に帰省したときの話をしていた。

「帰省」はふしぎな体験だった。こんなに長いこと家をあけたことがなかったから、ただいま、と玄関を開けるところからしてみょうな感じがした。両親とも弟とも独特の距離感が生まれていた。わたしは、お客さんっぽい家族というポジションになっていた。

なにひとつ変わらなかったのがハムスターの枇杷介との関係だった。枇杷介とはもともと心の触れ合いというものがなかったから当然だろう。えさをやるときだけ、コミュニケーションが可能だった。コミュニケーションといっても、わたしがカボチャの種などの好物を見せ、枇杷介がチョーダイチョーダイとじたばたするだけである。それでもコミュニケーションはコミュニケーションだ。ただし、枇杷介は好物をくれるひとならだれとでもコミュニケーションを取るのだが。

だから、しばらく会わなくても、枇杷介はチョーダイチョーダイをやったし、わたしの手からカボチャの種をもらってくれた。

わたしはエノマタさんに枇杷介への愛情を語った。わたしがどれほど枇杷介を可愛《かわい》いと思っているか。実際、枇杷介がどれほど愛らしいか。なのに、枇杷介にはわたしの気持ちは届かず、ただわたしの手から好物のえさをもらってくれるだけで、わたしと枇杷介の距離は未来永劫《えいごう》つづまらない。なんだか。

「いくら蛇腹を広げたり縮めたりしてみても、いっこうに音の鳴らないアコーディオンを演奏しているみたいなんですよ。それでも、えさのやりとりっていうコミュニケーションが取れたらそれでまあよしとしようか、みたいな、それだけで満足です、みたいな、そんなふうなんです」

「ああ、そんなふうなんですか」

とエノマタさんは復唱した。エノマタさんは、正月は帰省しなかった。三月におかあさまが観光がてら上京するので取りやめにしたそうだ。

「ええ、そんなふうなんです」

とわたしも繰り返した。

わたしはふと、わたしが帰省しているあいだ、同じく埼玉の実家に帰っていたりえぽんと一月三日に顔を合わせたときに、りえぽんがいったひとことを思い出した。

「あー親といるより友だちといるほうがらくかも」

だねー、そうかもねー、と返事しながら、わたしは少し方向のちがうことを考えていた。

帰省したおり、前田とは会わなかった。

(あのさあ、吉田、そのエノマタさんっていうひとは、あんたと付き合っていると思っていると思うかい?)

と訊かれそうでいやだったからだ。

親といても、友だちといても、付き合っているひとといても、居心地のわるさを感じる。「お勤め」と称して、エノマタさんのマンション近くの都電の停留場でたたずんでいたころが、思えば、一番しあわせだった。

ばかたれ

1

バイトを終えてアパートに帰ったら前田がいた。丸い顔、丸い鼻、小粒の目。まごうかたなき前田だった。あやとりあそびができそうなほどの至近距離でりえぽんとなにやら話をしていたようなのだが、わたしがドアを開けたら、ぱっと振り向き、おいでなすったな、という顔をして口をひらいた。

「どうだい、吉田」

「なにがだい？」

ブーツから足を引っこ抜きながら、わたしは答えた。

なにがって、あれだよ、調子っていうかさ、状態っていうか、こう、全般的な？

と前田がりえぽんとわたしを交互に見つつ、手揉《ても》みしながら笑う。

「わるくないこともないよ」

脱いだコートをポールハンガーにかけてから、わたしは前田の背なかを片手で押っつけ、通り道を気持ち広げて部屋の奥に行き、腰を下ろした。

「そうわるくもないってことかい？」

前田が上半身を浅く倒したまま、訊《き》いてくる。かたちばかりといった具合の訊《たず》ねようである。りえぽんからだいたいのところは聞いていたのだろう。その証拠に、まあねえ、とため息まじりに独白したのち、きわめてゆっくりと姿勢を戻した。ちゃぶ台についていた手を離し、膝《ひざ》に置く。娘の嫁ぎ先にやってきた里の母みたいな風情《ふぜい》で、

「馬には乗ってみよ、ひとには添うてみよ、というからね」

と嚙《か》みしめるようにつぶやき、こうつづける。

「気に入らぬ風もあろうに柳かな、ってね」

さらに、

「堪忍《かんにん》のなる堪忍はだれもする、ならぬ堪忍するが堪忍」

堪忍の袋をつねに首にかけ、破れたら縫え、破れたら縫え、とことわざめいたものを連発し、

「大筋はこちらから聞いたよ」

そろえた指をぴんと伸ばして、どうぞ、というようにりえぽんをさししめした。

「そんなことだろうとは思ったよ」

わたしは両手で左右の髪を耳にかけた。

前田が上京すると知ったのは昨晩である。建国記念の日から始まる三連休を利用して、会社の同僚と東京周辺を巡ることにしたらしい。

「ついてはあんたとも久々に一献かたむけたいのだが、どうだろうか、都合は。具体的には十一日の夕方から夜」というのがメールの骨子だった。

前田が打診してきた日程がピンポイントだったのには、理由がふたつあるようだった。ひとつは、その日、同行者に用事があり、いっしょに夕食をとる相手がいないからで、もうひとつは、十二日からは箱根に移動し温泉宿に泊まるから、だそうだ。

いずれも前田サイドの理由である。前田もそのあたりは分かっているらしく、「勝手をいって申し訳ない」と書いてあった。だが、上京の知らせが直前になった件についてはひとことも触れていなかった。

代わりに、「吉田には吉田の予定があるのだろうから、無理してわたしに都合を合わせてくれなくていいです」「いや、ほんと、無理しなくていいから」「決してご無理はなさらぬよう」と同じような文をくだくだしく並べていた。

これだけ「無理をするな」といってくるのは、ある程度は無理をしろという前振りなのかと勘ぐりたくなったのだが、むろん、そうではないことくらい百も承知だ。

正月に帰省したとき、わたしは前田と連絡を取らなかった。

わたしが帰省したかどうかも前田は知らないはずだ。

前田とは去年の十月末以降、連絡が途絶えていた。

その間、わたしの生活はずいぶん変化した。変化するというのは、新しくなるというのといっしょだ。この新しさを前田と分かち合うのがわたしにはなんだか億劫《おっくう》だった。

エノマタさんと付き合ったり、りえぽんを居候させたりする経緯や経過を、札幌にいる前田にメールや電話で伝えるのは困難だと思えた。

毎日ひんぱんに連絡を取り合っていれば、かなり微妙なニュアンスまで伝えられたかもしれない。だが、わたしと前田は絶頂期の恋人同士ではないし、たがいのことをすみずみまで報告し合わなければ気のすまない種類の親友同士でもない上に、双方ともまめにコミュニケーションを取るタイプではない。

札幌にいたときだって、仕事を持ってからはそんなに会わなくなっていた。会ってもくだらない話をだらだらつづける場合がほとんどだった。曲がりくねった横筋にそれてぶらつくような会話だ。たまには目抜き通りに出るような話もしたが、数えるほどだった。わたしの「好きなひとを追いかけて東京に行きたい、ひとり暮らしをしたい」という話は、数少ない目抜き通りに出たものである。目抜き通りに出るためには、くだらない話をだらだらつづける時間が必要なのだ。

わたしと前田は、要は、じょじょに離れつつあるのだった。

離れつつあっても、会えば、きっと「いままで通り」の距離感で会話しようとするだろう。だが、目抜き通りにはなかなか出られない。出たとしても、へたな竹馬に乗って歩き回る感じになりそうな気がする。わたしも前田も、離れているあいだのそれぞれの変化を知らないからだ。わたしたちが会話する相手は「少し前」のわたしたちなのだ。

いっそ「むかし」のわたしたちなら、愉快に話ができるかもしれない。「少し前」だからなまなましいのだ。とくにわたしだ。前田からしてみれば、わたしの変化はひどくなまなましいはずだ。

聞きたいような聞きたくないような、でも友だちとしては気になるし、心配だし、だからといって自分のほうからしつこく訊くのは暑苦しいし、ゆえに待ちの姿勢でいたのだが、いくら待っても連絡がこないし……というような逡巡《しゅんじゅん》が前田のなかにあり、連休に上京する予定の知らせが直前になったのだとわたしは理解した。

前田が指定してきた十一日はバイトが六時に退《ひ》けるシフトだった。前田は正午に東京に着く予定である。「しばらく時間をつぶしてもらうことになるがそれでもいいかい？」と訊ねたら、「だいじょぶ」と返事がきた。

前田が新宿のホテルに泊まるというので、じゃあ新宿でごはんでもたべようか、と新宿で食事をしたことなど一度もないのに提案してみたら、「できれば吉田ん家に行ってみたいんだけどナー」と遠慮がちな返信がきたので、新宿からの道順を教えた。

そのさい、「同棲《どうせい》相手のDVに耐えかねて家を出たはいいが行くあてのない女の子（バイト先での元同僚・本名春原理絵子・愛称りえぽん）といっしょに住んでます。当日、りえぽんはバイト（クリーニング店）が休みなので、終日家にいるはずです。前田がくることを話しておくので、何時にきてもいいよ」と付記した。前田からの返信は「りえぽんというひとは筋子が好きですか？」だったので、「手土産などは気にしなくていいです」と返したのだが、「イクラのほうがいいですか？　それとも切り身？」と押され、前田はどうしても手土産——それも海産物——を持ってきたいのだなと察知した。前田は礼儀正しいのだ。

両耳にかけた髪の毛はすぐにつるりと落ちてくる。わたしの髪は強情なくらい真《ま》っ直《す》ぐで、なかなかいうことを聞いてくれない。何度も耳にかけ直していたら、

「いやー、思った以上にちゃんとしてるじゃないですか、吉田さん」

と前田がちゃぶ台をてのひら全体で撫《な》でながらいった。寿司《すし》職人が固く絞ったふきんでまないたを拭《ふ》くような身振りである。

「吉田はほんとうにひとり暮らしをしているんだねえ」

白木で統一しちゃったりなんかしてさ、と顎《あご》に手をあて、ポールハンガーに目をやる。わたしもポールハンガーを見た。短い枝が三、四本はえた痩《や》せっぽちの木みたいなやつだ。ニトリの通販で買った。二千円もしなかった。

ポールハンガーは、わたしのあこがれのアイテムのひとつだった。前田にも話した覚えがある。前田の家の前田の部屋で千趣会のカタログをめくりながら、いつかひとり暮らしをする日がきたら、どんなインテリアにしたいかを夜っぴて話し合ったことがあったのだった。わたしはポールハンガーにこだわったが、前田は屏風《びょうぶ》みたいに折りたためるパーテーションにこだわった。どちらも古い洋画によく出てくる。

「しかも、ひとさまの面倒までみてるんだから、たいしたもんだ」
前田は腕組みをして深くうなずく。りえぽんも首の座らない赤子のようにうなずく。
よっちゃんにはお世話になりっぱなしなんですよー、とつぶやくのを受けて、前田は
うん、そうみたいだね、とりえぽんに視線を向けた。
「よっちゃん、しっかりしてるから、あたし、つい頼っちゃって」
友だちっていいな、って思って、とおでこに手の甲をあてるりえぽんに前田は目を
細め、ねー、いいよねーと小首をかしげて愛想をしたあと、わたしを見向き、
「あんたを頼りにするひとがいるなんて、東京は広いねえ」
さすがは大都会だ、とへんな感心の仕方をした。返す刀で、というふうにりえぽん
へと顔を向け、
「どちらか一方が頼るだけなら、友だちとはいえないんじゃないかね」
とにこやかに物申した。
神妙にうなずくりえぽんを見ているうちに、わたしの口もとがゆるんでいった。う
つむいて、声を立てずに笑った。
ああ、そうだった。前田はいつでも目抜き通りに出る用意のある人間だった。たと
え初対面の相手でも、自分が目抜き通りに出たくなったら出ていく。十二分に横筋を

ぶらつかないと、目抜き通りに出られないのは「わたしたち」じゃなくて、「わたし」だ。前田と目抜き通りに出るのが怖かったのも「わたし」ひとりである。

2

夕食は豚しゃぶだった。

買い物も下ごしらえもりえぽんがしておいてくれた。

前田はわたしの客なので、今夜の掛かりはわたしが持つとりえぽんに提案したのだが、よっちゃんの友だちなら、あたしにとっても友だちだもん、とりえぽんがおっとりと異を唱え、毎月ふたりで出し合っている食費のなかから捻出《ねんしゅつ》することになった。

前田が持参した筋子がおいしくておいしくて、三人ともごはんを山盛り二膳《ぜん》ずつたべた。炭水化物好きの前田とわたしなら妥当といえる量だが、ごはんよりもお菓子を好むりえぽんにしてはめずらしい。気を遣ったのではなく、わたしと前田のたべっぷりにつられたようだ。

お腹《なか》がくちくなって動けなくなったりえぽんを残し、わたしと前田で後片付けを始めた。寝転がっているりえぽんをまたいで鍋《なべ》や食器を台所まで運び、洗いものをすませた。前田が買ってきたビールのロング缶がまだ残っていたから、自然と飲み会に突入した。夕ごはんのときと同様、部屋の奥から時計回りに、わたし、前田、りえぽんの順でちゃぶ台を囲む。りえぽんはまだ苦しそうで、起き上がってはいるものの、ちゃぶ台にしなだれかかるという恰好《かっこう》である。洗って、拭いたコップにビールを注ぎ、あらためて乾杯の次第となった。

「で」

ひとくち飲んでから、前田が口火を切った。満を持して、という感じだ。

「付き合ってるんだって？」

「状態としてはね」

あくまでもだが、状態としては、付き合ってるといっていいと思うよ。わたしは「あくまでも」を強調した。定期的に会い、食事をし、キスまでしたのだから、わたしとエノマタさんはだれがどう見たって、付き合ってる状態だ。

「『状態』だけじゃ足らないのかい？」

思いのほか柔らかな笑顔を見せて前田が訊く。

「足らないっていうかさ」

足らないわけじゃないんだけど。わたしは口ごもった。唇がくちゅくちゅと動くのを感じる。息を細く吸い込んだら、前歯にしみた。わたしを見つめる前田を見たら、前田は笑顔のままだった。左右の八重歯が覗《のぞ》いている。

「ありがたいとは思ってるんだ」

ただ、わたしは、っていうか、わたしが、といい直したところで、りえぽんが前田の口もとを指さし、八重歯、二本あるんだーといささか素《す》っ頓狂《とんきょう》な声を発した。

「あたしもー」

と、上唇を鼻の下にくっつけるようにして、自分の八重歯を前田に見せ、でも一本だけだけど、と残念そうに付け加えた。

「うん、一本だね」

わたしは一応りえぽんにリアクションした。

「なるほど、一本だ」

前田もりえぽんの発言を拾った。トータルでヤエがみっつだから24エーだ、とどうでもいい冗談まで付け足した。

前田はわたしの古い友人として、わたしの新規の友人にサービスしたと思われる。ところがりえぽんは前田の駄洒落《だじゃれ》の意味が分からなかったようで、ぽかんとしていた。いや、だからね、と前田はからだごとりえぽんに向き直り、ヤエは8aってことで、それが三本あるから、3カッコ8aで、しめて24aと、こういうわけなんですよ、と、畳に指で数式を書いて説明し始める。そこでりえぽんはようやっと理解したらしく、おもしろーい、と手をたたき、前田が恐縮です、と一礼した。じゃ。

「話を戻していいかな?」

とりえぽんに訊く。

「それって、よっちゃんがエノマタさんにほんとうはどう思われてるか不安だって話?」

りえぽんが前田に訊き返したのを聞いて驚いた。わたしは、りえぽんには、交際が順調にすすんでいるようにしかいっていなかったからだ。

「吉田」

前田が低い声を出した。

「口」

といわれて、半びらきだった口を閉じた。

「こちらのお嬢さんをあなどっちゃいけないよ」

なかなかどうしてお見通しだ、と腕を組む。

わたしは、前田がかぶりを振るさまと、前田のあとを追いかけるようにかぶりを振り始めたりえぽんをかわりばんこにながめた。

沈黙が部屋のなかに下りてくる。初雪がふるような、春一番が吹くような、とにかく季節の変わり目みたいな沈黙である。

りえぽんが口をひらいた。

「最初は、よっちゃんの気持ちってほうから考えていたんだけど、なんかしっくりこなくて、でも、女の子の気持ちってほうから考えてみたら、よっちゃんの不安な感じがすごく伝わってきて」

りえぽんは右手をひらひらと動かしていた。うまくいいあらわせないことを言葉にしているように見える。

「よっちゃん、エノマタさんの話するとき、なんか、大声を出しながら棒をぶんぶん振り回して、蜂《はち》の巣に抜き足差し足で近づいていくみたいで、なんか……」

なんていうか、と右手だけを動かすりえぽんに前田が、

「まとまりがない感じなんだね？」

あるいは挙動不審？　とヒントを出す。りえぽんが右手を手首からくねらせながら答える。

「なんか分かんないけど、そんな感じ、かなあ」

「だから、どんな感じ？」

わたしが訊ねたら、りえぽんはそれには答えず、

「よっちゃん、エノマタさんと超うまくいきすぎて、そのことに照れてるのかなーと思ったけど、よっちゃんの話に出てくるよっちゃんがうれしくなるようなエノマタさんの科白《せりふ》は出会いのときの『どこかでお会いしたことがありましたよね』しかないみたいで、エノマタさん、よっちゃんがよろこぶようなこと、ほとんどいってないみたいで……」

よっちゃん、男のひととあんまり付き合ったことないようだから、ひとりで盛り上がりぎみってことに気がつかないのかなあって思ってたけどー、とわたしにとってはだいぶショッキングな発言をした。

前田もショックを受けたらしく、え、とちいさく驚いていた。りえぽん、りえぽん、とりえぽんに向かっておばさんみたいな「おいでおいで」の身振りをする。

「それ、ほんとにエノマタさんがいったの？　『どこかでお会いしたことがありましたよね』って」

たしかめたところを見ると、わたしがいないあいだに交わされたふたりの会話には登場しなかったのだろう。

「うん」

それが出会いの言葉だったの、と、りえぽんが首を力強くたてに振った。目にも力が入っている。前田の興味をひけたことがたいそうな誉れのようだ。

最前から感じていたのだが、どうもりえぽんは前田に心酔しているふうである。少なくとも群れ(三人だが)のリーダーは前田と決めているようだ。前田が「よっちゃんの友だち」の鑑《かがみ》と思ったのかもしれない。

「いまこちらがいったことは、ほんとなのかい、吉田」

前田がりえぽんをさしめし、喜色満面の半歩手前みたいな顔つきでわたしに確認した。

「まあ、おおよそ、そのようなアレではあるんだけど」

わたしが小声で答えたら、前田は、

「でかした、吉田」

と大声を出した。

「まさかエノマタさんがあんたを覚えていてくれてたとはねえ」

ひとつうなってから、感無量とはこのことだよ、と前田はいった。なにかこういろんな思いがあたしの胸いっぱいに込み上げてくるよ、と握ったこぶしで鼻の下を擦っ

た。いやー、吉田、いやー、吉田、と繰り返し、

「よかったねえ」

と演歌歌手がサビの部分を歌うみたいに顔を上半身ごとすくい上げるようにしてから、拍手をした。強く細かく手をたたいては、苦節三年！　と合いの手を入れる。

「サンキュー前田」

つきまとった甲斐《かい》があったってもんだよ、と軽口をたたいたら、ストーカー冥利《みょうり》につきるね、と前田が即座に返し、なんせ津軽海峡渡っちゃったからね、とわたしが立て膝をし、小手をかざしてぐるりを見わたす振りをしてみせ、前田も腰を上げてなにかしようとしたのだが、りえぽんの、

「なんかちょっと意味分かんない」

のひとことで、ふたりとも腰を下ろした。

「お店に、忘れものを、していった、お客さん、と、偶然、ちがう場所で、ばったり会ったんじゃなかったの？」

りえぽんが言葉を区切りながら、いった。最後のほうは早口になった。

「エノマタさんのほうが先によっちゃんをいいな、と思ったっぽいニュアンスだったはずなんだけど？」

硬い表情をしていたせいで、りえぽんの顔は平常時よりちいさく見えた。

りえぽん、なんかごめんね、とわたしがはっきりしない口調でいったら、前田が控えめに鼻を鳴らした。わたしに向かって（そういうことになってるのかい？）と唇の動きだけだが、はきはきと確認してくる。短くうなずき返したら、なるほど、とささやき声でひとりごちた。若干間を置き、

「忘れものをしていったお客さんとちがう場所でばったり会うなんて、たしかに偶然すぎるよね」

とやや大きな声で独白する。

「でも、ないこともないし」

りえぽんは「友だち」の言葉を鵜呑《うの》みにした自分にいいきかせるようにいった。

「そりゃまあ、ないこともないけど」

このひとの場合は、とてのひらを上にしてわたしをさしめし、日々の地道なストーカー活動のたまものなんですよ、と前田が宣した。

そして前田はりえぽんに、わたしがエノマタさんに片思いしつづけた三年間のあらましを語りに語った。わたしは口を挟まなかった。前田がわたしの「張り込み」（エノマタさんの札幌での勤務先付近にある公園で、エノマタさんが退社するすがたをひ

と目見るために待つ行為）が週三といったときに、せいぜい週に一度か二度だと訂正を入れたくらいだ。

「まあ、ストーカーはストーカーなんだけどね」

でも、吉田は、といいかけたのだが、りえぽんが、

「なんか分かるー」

といったので、前田は虚を突かれたようだった。手持ちぶさたな顔をして、分かるってさ、とわたしに報告する。わたしはコップにビールを注ぎながら、「なんか分かるー」がりえぽんの口癖であることを前田に教えた。すると、りえぽんがそうじゃなくてーと反論した。胸もとで五本の指を交互に絡《から》ませ、ややうわずった声を出す。

「よっちゃんが、エノマタさんのこと、すごくすごく好きだってこととか、すごくすごく好きなひとと、いま、付き合えているんだってことのすごさとか、なんかすごく分かる」

「……うん、吉田はすごいね」

いろいろとね、とつぶやきながら前田は立ち上がって台所に行った。冷蔵庫からビールを取り出し、持ってくる。よい音をさせてプルタブを引き、コップにそそいだ。丁度いい具合に泡を立たせる。

「うまいね、前田」

わたしがほめたら、

「コツは注ぐときに緩急をつけることなんだ」

しょっぱなは真っすぐ勢いよく、と前田はいいかけ、そうじゃなくて、とみずから止《や》めた。

「話を戻そう」

がぶっとビールをのんでから、前田は小粒な目でわたしの目を見た。吉田。

「『状態』だけじゃ足らないのかい？」

3

つば風船をつくりながら、前田のことを思い出している。

ふとんのなかにいる。りえぽんの寝息が聞こえる。目を開けたら、折りたたんで壁に立てかけてあるちゃぶ台が見える。

ガラステーブルの上で香箱《こうばこ》座りをする猫を下から撮った写真を連想する。

前田の家では、いま、猫を飼っているらしい。ほっそりとした美形の鼈甲《べっこう》猫だそうで、おじさんが近所の公園で拾ってきたとのこと。大きな目が印象的なので、とある女優にちなみ、ルリ子と名付けたらしいのだが、育っていくうち雄だと判明し、浅丘に改名したという。去勢手術をするために行った動物病院のカードには「前田浅丘」と記されていると聞き、松尾スズキみたいだねといったら、いっそのこと前田前田にすればよかったよと前田はかすかに鼻を鳴らした。

夜中の十二時前に、前田は宿に戻った。

駅までふたりで歩いて行った。

東京でも真冬は寒い。雪がないぶん、当たりのきつい寒さだと前田はいった。あいにく向かい風も吹いていて、意地のわるい冷たさをわたしたちの顔に間断なくぶつけてきた。わたしと前田は腕を組み、顔を斜め下にかたむけて対抗した。

「わるいひとじゃないね」

前田がりえぽんをそう評した。

「おそらく、いつも親密な間柄の相手をひとり確保しておかなきゃおさまりがつかないところがあるんじゃないのかなあ」

「友だち」でも「彼氏」でも、あるいはその場にいる「だれか」でも、といい、薄く笑った。思い出し笑いをしているようでもあった。

「りえぽん、いいにおいするでしょ」

しなかった？　とわたしが訊いたら、前田は首をひねった。あんたじゃなくて？　と訊き返してから、あんたじゃないのか、とつぶやいた。顔にかかった髪の毛を払い、いわれてみれば女の子って感じのにおいがしたかもしれないねえ、と頼りない返事をした。

わたしと前田は小商いの店がたちならぶ界隈《かいわい》にさしかかった。ここからは、だんだんとビルが増え、車の量も、行き交うひとも増え、あたりがあかるくなっていく。そのあかるさのなかに駅がある。

「ヌーブラ1000円」とガラスに手書きポップが張ってある衣料品店の前で、わたしたちはいったん立ち止まり、目抜き通りに出たのだった。

りえぽんの規則正しい寝息を聞きながら、鼻をうごめかす。今夜はくだものみたいなよいにおいを感知できない。さっきまで作っていたつば風船のにおいばかりが鼻につき、いやな心持ちになった。

枕《まくら》もとの目覚まし時計を手にとる。もうすぐ四時だ。明け方の。

土曜だけど、バイトの日だ。バイトが退けたら、食事会だ。

出席者は、エノマタさんと、みっちゃんさんと、わたしと、りえぽん。

——エノマタさんとわたしと、みっちゃんさんとりえぽん。

参加メンバーの名前の順を入れ替えたら、バイト先に客としてやってきたエノマタさんがアイスコーヒーを運んだりえぽんをみとめ、「お」という顔をしたシーンが胸のうちに映る。眉《まゆ》、目、鼻、口。一瞬だったが開放されたようにゆるんだエノマタさんの表情が大写しになる（エノマタさんとりえぽんと、みっちゃんさんと、わたし）。

前田のことが思い出される。

舌にのせた気泡をすこぶる軽く吹き飛ばしたら、りえぽんが寝返りを打った。

4

「意外すぎるー」

りえぽんの声が耳に入った。横目でりえぽんの横顔を見る。睡眠をたっぷりとっているので、いつもと同じきれいな横顔だ。急に振り向き、こちらの腕をゆすぶりながら、ねー、よっちゃん、信じられないよねー、と向かいの席の太った中年男性を指さして爆笑する。

「やだなー。スノボくらい行きますよう」

ねー、たっちゃん、失礼だよねー、とみっちゃんさんもエノマタさんの腕をゆすぶった。エノマタさんはおだやかな微笑をたたえたまま、

「行くみたいだよね」

といって、自分の腕からみっちゃんさんの手をはがした。

食事会の会場は池袋のイタリア料理の店だった。

みっちゃんさんが探してきたらしい。カジュアルな店がいいかな、と思って、とみっちゃんさんはいったが、わたしがエノマタさんと普段よく行く——というより、そこしか行ったことがないのだが——居酒屋とはくらべものにならないほどシックだった。ウエイターさんたちは大声を出さないし、テーブルにはクロスがかかっているし、ひとつの料理にお皿が二枚ついてきたりするし、銀色のナイフとフォークは持ってみたら、そこそこ重たかった。

「蓼科《たてしな》とかね」

みっちゃんさんがスノボの話をつづけている。

「ほかにはどこに？」

りえぽんが牛肉のタリアータなるものにナイフを入れながら訊ねた。早くも口もとに笑みがこぼれている。

「まー蓼科とか、蓼科とか、蓼科とか？」

結局蓼科って感じ？　とどのつまり？　みっちゃんさんはりえぽんとわたしが料理をたべる手を止めて笑っているのをたしかめてから、

「ね、たっちゃん？」

とエノマタさんに同意をもとめる。それを受けてエノマタさんが、

「蓼科だね」

と少し笑ってうなずいた。

このパターンを繰り返していたのだった。

初めて会ったみっちゃんさんは、エノマタさんのいとこである。エノマタさんとは同い年だから四十二。独身という共通点もあり、馬が合うらしい。住まいも同じマンションの隣同士で、ちょくちょくいきしているようだ。夜、みっちゃんさんがエノマタさんの部屋にやってきて、酒盛りしていくことが多いという。冬でもふたりしてバルコニーに出て、月や星をながめながら一杯やるそう

だ。

わたしからしてみれば、たいへんすてきな光景だ。大の男ふたりが夜空を見ながらお酒をのむことだけでもしびれる。いわんやエノマタさんと、エノマタさんのいとこさんにおいてをや。

みっちゃんさんは一流大学を出て、一流企業に勤めているらしい。エノマタさんが住んでいる部屋は、みっちゃんさんのおとうさんの同僚が買ったものだが、みっちゃんさんが住んでいる部屋は、みっちゃんさん本人が購入したものである。

わたしの想像では、みっちゃんさんは、条件のよくなったエノマタさん、だった。わたしは、みっちゃんさんが独身なのは、相手を厳選しているからなんだろうなあ、と思っていたので、エノマタさんから「みっちゃんが若い女の子を紹介してほしいといい出して」と聞いたときは意外だった。

それでも、わたしのなかでのみっちゃんさんはエノマタさんによく似た風貌《ふうぼう》とムードを持つひとということで変わりなかった。のだが、会ってみたら、すがすがしいほどちがっていた。ばかに陽気なひとだった。

背があんまり高くないとか、締まりのない太り方をしているとか、ベルトの上に餅《もち》みたいな贅肉《ぜいにく》が乗っかっているとか、飲食もしていない上に二月なのに、はなから汗をかいているとか、そんなことは、じつは、さほど気にならない。そういう男性はよくいる。

　みっちゃんさんの特徴は、そんな体型なのに、割合彫りの深い顔立ちをしている点だ。くっきりした目鼻立ちが大きな丸のなかにおさまっている。分けても目だ。切れ長なのだ。りえぽんなどは、挨拶《あいさつ》したときから笑っていた。

　だが、本人はそこがチャームポイントと思っているらしく、頻繁に決め顔をする。一度目を見ひらいてから、軽く顎をひき、やや上目遣いにしてみせるのだ。むろん眉《み》間《けん》にはしわを寄せている。シャキーン、と擬音をつけたくなるような表情だった。憎めないのだが、イラッとする。そんな複雑な感情を見る者にあたえる、みっちゃんさんの決め顔なのだった。

「やだ、なんかイライラするー」

　りえぽんは、みっちゃんさんが決め顔をするたびにお腹をかかえて笑った。当初わたしははらはらしたが、ひとりが笑うと「笑ってもいい空気」ができあがる。やがて笑うのが約束事のようになっていった。前菜から始まって、ふたつめの皿が終わろうとしているいまでは、お酒が入っているせいもあり、りえぽんはみっちゃんさんにどんな失礼なことをいってもよく、みっちゃんさんはなにをいっても面白い、という状態になっていた。

わたしもりえぽんといっしょになって、盛大に笑った。

なんだか知らないが、可笑《おか》しくて仕方なかった。うわずみだけで笑っている気がした。底のほうにまざりものが沈んでいて、からだが重たい感じがする。

笑いながらでも、放心することがたびたびあった。寝不足のせいだけではない。

四人がけのテーブルに、男女ふたりずつ、向き合って席を取った。わたしの正面はエノマタさんだ。みんなで大笑いしているときでも、ひとりだけ微笑程度の笑いにおさめるエノマタさんである。わたしの好きなひとである。

甘いものをたべる時間になって、ようやくエノマタさんとわたしのことが話題にのぼった。

「紹介される前から、こっちのひとだろうなあ、って分かっちゃいましたよねえ」

みっちゃんさんがわたしを目で差し、

「たっちゃんのタイプといえば、こちらでしょう、って感じで」

ね、たっちゃん、とエノマタさんに共感をもとめる。

「うん」

エノマタさんはあっさり肯定した。コーヒーカップを持ち上げる。ひとくちのんでから、マスカルポーネジェラートなるものをもくもくとたべ始めた。

「ていうか、こっちはないな、みたいなね」

まー忌憚《きたん》ないことをいっちゃえば、ですが、と、みっちゃんさんがりえぽんに向かって決め顔をつくる。りえぽんは笑いながらもイーッをしてみせた。

「どうしてですか？」

わたしは口に入れたチョコレートのトルタなるものをのみ込んでからみっちゃんさんに訊いた。

うーん、と顎に手をあて、椅子《いす》の背に太ったからだをあずけたみっちゃんさんが、たっぷり間合いをとってから、まあ、なんとなくですけど？と答えた。りえぽんが噴き出す。

「なんとなくですけど、絶対、こちらだなっていう」

ひと目見て分かっちゃう、みたいなものはありますよね、ね、たっちゃん、とみっちゃんさんがエノマタさんにまたしても共感をもとめた。

「うん」

エノマタさんも再度ごくあっさりと肯定した。だが、最前の「うん」より深みのある声だった。しかも、わたしに向かって、うなずいた。鳩《はと》めいた首の動きだったが、うなずきには変わりない。

理由は不明だったが、みっちゃんさんのいっていることはおそらく真実だ。なぜなら、エノマタさんはりえぽんを見ても、「お」という顔をしなかったからだ。

「あたしもひと目でこっちがエノマタさんだって分かったー」

りえぽんが腕を伸ばして、エノマタさんを指さした。声がいくぶん甲高い。エキセントリックとまではいかないが、ものいいの調子にも平生のおっとりした感じはなかった。

「よっちゃんが好きになるなら、こっちのひとだなあ、って」

このひとが、よっちゃんがずうっと思っていたひとなんだなあって、とナプキンを目にあてた。よかったね、よかったね、よっちゃんと涙声でわたしの肩をたたき始める。そういえば、りえぽんはワインをかなりのんでいた。

「なんか酔っちゃってるみたいで」

すみません、とわたしはりえぽんに肩をたたかれながら、エノマタさんとみっちゃんさんに浅く何度も頭を下げた。だって、よっちゃん、三年前からずっと、とりえぽんはいっていたが、ナプキンで顔を覆《おお》っていたので、わたし以外には聞こえなかったはずだ。

「分かるよ。分かる分かる」

みっちゃんさんが空になった皿をわきにのけ、空いたスペースに両肘《りょうひじ》をつき、指を組んだ。りえぽんはうれしいんだよね、となんだか満足そうだ。やーぼくもねー、と話し始める。

「たっちゃんの彼女と、その友だちと、こんなふうになごやかに食事できるのがうれしくてたまらないんだよねー」

なんか単純に愉《たの》しいよねー、とエノマタさんに顔を向ける。

「うん」

そうだね、みっちゃん。エノマタさんがうつむいてちいさく笑った。みっちゃんが愉しいんならなによりだよ、と肩をふるわせる。

「もーなんかあれだよね、新たなカップル誕生っていうより、愉しさが勝っちゃったねー」

まいった、まいった、とみっちゃんさんはにが笑いを浮かべ、

「愉しいついでに二回戦、行っちゃう？」

カラオケとか、とマイクを握る真似《まね》をした。おじさん、こう見えてけっこう若い歌、

歌えるよ、とにぎやかにいった。

いや、みっちゃん、おれ、カラオケはちょっと、とひたいに手をあてがってさざ波のようにちいさく笑いつづけるエノマタさんを尻目《しりめ》にりえぽんが元気よく手をあげた。

はいっ。

「いいねえ、りえぽん」

そうこなくっちゃ。ほら、りえぽんがああいってるんだから、たっちゃんも行こうよ、音痴だっていいじゃん、とみっちゃんさんはエノマタさんに声をかけながら、ほら、そっちもよっちゃんを誘って、とりえぽんをうながした。

「べつにいいと思う」

りえぽんがみっちゃんさんにきっぱりいった。白目は赤くなっていたが、颯爽《さっそう》とした表情だった。空いた皿とコーヒー碗皿をのけて、テーブルに身を乗り出し、エノマタさんとわたしのほうをひと差し指でつつくようにしながら、

「ふたりきりにさせてあげようよ、みっちゃん」

と聞こえよがしの小声で提案する。

「なーるほど」

間髪容《い》れずみっちゃんさんはりえぽんの提案を受け入れ、いやー、気が利《き》かなくて

ごめんね、たっちゃん、とエノマタさんに手を合わせた。

5

りえぽんは、がんばっていた。

みっちゃんさんと話すのが面白かったのはほんとうだろうが、全力でテンションを上げていたのがよく分かった。

推測だが、前田のぶんまでわたしを応援しないと、と思ったのだろう。そしてさらに推測したら、りえぽんは、今夜、わたしとエノマタさんをふたりきりにさせようと決意していたにちがいない。

明日は三連休の最終日で、バレンタインデー前夜で、わたしのバイトも休みだ。

わたしはできれば明日、エノマタさんと会って、前倒しでバレンタインをやりたかった。当日会うとなると、またいつもの焼き鳥居酒屋でシーザーサラダなどをたべることになる。クリスマスの二の舞だ。ちっとも恋人同士のクリスマスっぽくなかったクリスマス。

とはいえ、初めて口づけをかわしたのもクリスマスではあったのだった。次の段階

れ た か ば

にすむタイミングとしてはバレンタインデーがベストだろう。

問題は、わたしとエノマタさんが二日つづけて会ったことがない点だ。四人で会う食事会をエノマタさんが（わたしと）一回会ったと勘定するかどうか、エノマタさんが二日連続でわたしと会いたいと思うかどうか、いくら考えても答えが出なかった。だから、十三日に会いたいといい出しかねた。十三日に会いたいのだから、十四日に会いたいとはいっていない。

バレンタインプレゼントにしようと考えていた「エノマタさんの似顔飴《あめ》」は頓挫《とんざ》した。エノマタさんの写真がなければいくら腕のいい飴職人だって似顔飴はつくれない。わたしはエノマタさんに「写真を撮ってもいいですか」はおろか「いっしょに写真を撮りませんか」も「写真をください」もいえなかった。

きのう、バイト帰りにデパートでチョコレートを買った。さして目新しくもない、高級でもない、ふつうのチョコレートをあえて選んだ。エノマタさんの負担になりたくないからだ。

たしかにわたしとエノマタさんは、状態としては付き合っている。

定期的に会い、食事をし、キスまでしたのだから、わたしとエノマタさんはだれがどう見たって付き合っている状態だ、と、これはわたしがなんべんもなんべんもお腹のなかで繰り返した言葉である。

でも、エノマタさんがわたしを特別に好いているのかどうかが、ちっとも、さっぱり、どうしても、分からないのだ。

白状すると、わたしがエノマタさんを好きかどうかも分からない。わたしが好きなのは、なまみのエノマタさんのほうなのか、遠めがねで覗いていたエノマタさんのほうなのか、はっきりしないのだ。それでも会いたいと思うし、かなうならば「次の段階」にすすみたい。うまくいえないが、わたしはより強固な「状態」をつくろうと、それだけに腐心している気がして、そのあたりも、考え出したら、頭のなかにとろみがかかったようにもったりしてくるのだった。

「『状態』だけで充分だと思うけどね」

駅までの道すがら、「ヌーブラ1000円」の店の前で前田がいった。

「あたしなら『状態』だけでよしとするね」

そういった前田の顔をわたしは街灯が放つしけたあかりを頼りによく見た。丸い顔、丸い鼻、小粒の目。まごうかたなき前田なのだが、わたしのよく知る「少し前」の前田とはほんの少しだがなにかがちがう。よく火が通っていると思った肉にナイフを入れたら、なかがばら色だった、というような感じである。

「前田」

わたしはひとまず前田の名を呼んだ。

それからちょっと考えて、もしや好きなひとでもできたのかい？ と訊《き》いた。すると前田は、できた、と答えた。そのひとも前田のことが好きなのかい？ と訊いてみたら、好きだ、と答える。前田には失礼だったがわたしはだいぶ驚いて、じゃあ好き同士ってことかい、と確認してみたのだが、好き同士だ、と即座に断言され、絶句した。球種を変えて、ラブラブかい？ と訊《たず》ねると、ラブラブだ、と前田はおもてを上げて風に髪をなびかせた。わたしは、はあっと息を吐き、白い煙が消えるのを見届けてから、いつからだ？ と低い声で訊いた。前田はこともなげに、去年の十一月の頭くらいからだ、と依然として語尾に力を込めて答えた。そこでわたしは、なぜ黙ってた？ と自分だってエノマタさんと付き合うようになったことを前田に報告しなかったのに、強い調子で訊いた。

「吉田」

腕を組んだまま前田がわたしの名を呼んだ。返事をせずにいたら、

「少々問題があってね」

といってから、口を結んだ。ゆっくりひらいて、唇を舐《な》めたあと、

「俗にいう不倫なんだよ」

とこれまでもっとも大きな声を出し、どうだ、と威張った。いや、どうもこうもないだろう、とわたしはとりあえず間をもたせたが、次の言葉はなかなか出てこなかった。前田に不倫は圧倒的に似合わない。もとより前田はひとの道にはずれることが大きらいな性分である。いつだったか、ふたりでテレビを観《み》ていたとき、不倫体験を語るタレントの「奥さんのいるひとを好きになったのではなく、たまたま好きなひとに奥さんがいただけ」という常套句《じょうとうく》を、へそが茶を沸かすと一蹴《いっしゅう》し、盗っ人猛々《たけだけ》しいとはこのことだと憤《いきどお》っていた。ばかたれめが。

「吉田」

前田がわたしの名を呼んだ。なに、と返事をしたら、

「正直、苦しい」

と怒鳴るようにいった。

6

その夜、わたしは、エノマタさんに無理をいった。部屋に連れて行って欲しいとだ

だをこねた。明治通りに沿う歩道にしゃがみ込み、連れて行ってくれるまで、ここを動かないといい張った。エノマタさんはどうしたのかな、急に、といっしょになってしゃがみ込み、わけを話してごらんなさいと優しく声をかけてくれたが、わたしは一生のお願いだからエノマタさんの部屋に連れて行ってください、とそれだけ繰り返した。耳たぶがつめたかった。いまごろ前田は好き合っている男と箱根であたたまっていると思えば、どうしても、ここで帰るわけにはいかなかった。

けだし君かと

1

エノマタさんは、そううまくなかった気がする。だが、へたなほうとは思いたくない。たぶん、ふつうなのだろう。

どのくらいの技量があれば「ふつう」なのかは知らないが、少なくともエノマタさんは、わたしがよく耳にする「一般的に、そのとき、男のひとがするといわれている作業」のいくつかはおこなったようだった。みずから進み、いろいろ舐《な》めた。舌先を使うのが肝要とこころえているようで、わたしはありがたい心持ちになった。健闘をたたえたくもなった。エノマタさんは、がんばっていた。エノマタさんが初めて見せたがんばりだった。

やかんのふたがカタカタ揺れるのをながめている。お湯が沸騰《ふっとう》している。赤い琺瑯《ほうろう》のやかんは、注ぎ口が鶴《つる》の首みたいに細くて湾曲しているものだ。コーヒー専用のポットなのだ。

「コーヒー、いれておいてくれる？」

そういい残して、エノマタさんは近所のマクドナルドまで朝食を買いに行った。わたしはフィレオフィッシュをお願いした。エノマタさんはメガマフィンとマックグリドルソーセージにするつもりらしい。

どれもブレックファストメニューだが、わたしはエノマタさんの食欲に驚いた。朝からそんなにがっつりいくとは。しかも「メガ」とか「グリドル」とか「ソーセージ」など、猛々《たけだけ》しいというか、そそり立つというか、みなぎるというようなイメージの語感が入ったメニューを選ぶなんて。

わたしの考えすぎかもしれないけれど、でも、今朝は、ふたりが初めて契《ちぎ》りをかわした朝なのだ。できればもっとあっさりとしたものをたべてもらいたいと思った。

お酒をのんだ翌朝はお腹《なか》がすくからと、エノマタさんは言い訳みたいな照れ笑いを浮かべていた。わたしは、下を向いて、ちいさく笑った。分厚いトレーナーの丸く刳《く》った襟もとに顎《あご》が触れる。無地のねずみ色のトレーナーはエノマタさんが貸してくれた。洗濯したばかりらしいが、柔軟剤の香りの底に、タンスの奥にしまっておいたようなにおいがあった。エノマタさんのにおいだと思えば、じーんとした。からだの深いところとダイレクトに結びつく「じーん」だった。

コーヒーの粉にお湯をそそぎながら、わたしはまた「じーん」とした。エノマタさんが買い物に行ってからまだそんなに時間は経《た》っていないはずなのに、わたしはしょっちゅう「思い出しじーん」をしている。

わたしとおそろいのトレーナーを着てマクドナルドに行ったエノマタさん。外に出るのにこの恰好《かっこう》じゃまずいかな、といって、スウェットパンツからデニムにはき替えたエノマタさん。ベッドの足もとで、中腰で、こそこそとスウェットパンツを脱いでいたとき、わたしと目が合い、いやーん、見ないで、とおどけてみせたエノマタさん。しかも胸に手をあて、両ももをぴったりつけた内股《うちまた》にしていたから、ちょっと、なんだか、残念だった。

でも、デニムをはく段になり、長い足を片ほうずつ突っ張るようにしてベルト部分をぐっと持ち上げ、上げきったところで、つまさきを二、三度上下に動かすようすはよかった。そのあと、ややがにまたになって、ボタンをはめていくさまはあんまり恰好よくなかったが、可愛《かわい》かった。

だが、ボタンをはめたのち、数回軽く膝《ひざ》を屈伸させ、股間《こかん》付近に手を持っていったのはいただけない。とはいうものの、すぐそこだからと、茶色のキルティングブルゾンを風を切るようにさっと羽織り、じゃ、行ってくるね、とこちらを振り向いたのはよかった。しかし、そのさい、ぴんと立てたひと差し指となか指をこめかみにちょんとつけたのは余計だった気がする。

熱湯をそそがれ、ぷっくりとふくらんでいくコーヒーの粉を見て、わたしのからだに、また、「じーん」がやってくる。

今度は少し深い「じーん」だ。足の付け根に存するひとところが、丸みをおびてぽってりと大きくなり、桃色に染まっていくようである。身動きしたら、まだひりひりと痛むのに、一丁前に疼《うず》くのである。乾いた唇を舐めたら、エノマタさんの舌を思い出した。

2

やかんをコンロに戻し、鍋《なべ》敷き兼用とおぼしき鍋つかみをはずして、ながめる。円形である。色は赤だ。ふちを白いバイアステープでかがってあって、中央には、コックク帽をかむったキティちゃんがプリントされている。顔だけなので、なま首みたいだ。その周りに魚や目玉焼きやリンゴやにんじんが、ひとだまみたいに浮遊している。

およそ十二時間前のわたしの望みは、エノマタさんの部屋に連れて行ってもらうことだった。

その望みがかなったのは約十一時間半前だ。

エノマタさんが根負けしたのだ。集合玄関機に鍵《かぎ》を差し込むとき、困ってしまってわんわんわーん、とちいさく歌った。『いぬのおまわりさん』みたいな心境だったようだ。わたしの気を引きたたせるためだったのかもしれない。まいごの、まいごの、とお経を唱えるように低い声で歌いながら、うつむいて目を擦《こす》っているわたしの肩をたたき、拍子を取った。

エノマタさんの部屋に入ってからも、わたしは泣きつづけた。このとき流していた涙は、なつかしい涙だった。わたしはこども時分にもよくこのような涙を流した。自分の思い通りになったうれしさと、わがままを押し通してしまった反省と、なぜ、だだをこねないと思い通りにしてくれないのかという相手への恨みや苛立《いらだ》ちや悲しさが入り交じった涙だ。

それに加えて、いまは、ひとり暮らしの男のひとの部屋に初めて入る、興奮やめずらしさや照れがある。

にわかに、わたしとエノマタさんは密室にふたりっきりでいる、と実感された。すると、いつ、どのようなタイミングでわたしたちはベッドに入るのだろうかという問題が現実味をおびて浮上した。そのきっかけもわたしがつくるはめになるのだろうか、と思うと、気持ちが沈んだ。それだけはいやだった。いやすぎるほどいやだ。キスを仕掛けたのも「密室でふたりきり」の状況をつくったのも、わたしである。同衾《どうきん》までわたし主導になったら三連敗だ。わたしばっかりエノマタさんを欲しがっているみたいではないか。だが、エノマタさんがあんまりもたもたしていたら、三度、こちらのほうから攻め込むかもしれない。こどもがおもちゃをほしがるような素朴な攻め方しかできない癖に、だ。

お願いだから、わたしにそんな真似《まね》はさせないでくれ、とエノマタさんに頼みたい気持ちでいっぱいになった。空気読んでくれ。ていうか、いいかげん、読めよ、空気。読めない振りはたくさんだ。それとも本気で読めないのか、空気。

前田の恋人なら、タイミング面で前田の肝を焼かせることはないだろう、と、ふと、思った。不倫の関係だから、常時、ある種の焦《じ》れったさは抱えなきゃならないだろうが、わたしのように、常時、のれんに腕押しみたいな感じは抱えちゃいないはずだ。

四年来の友人だが、あんなに充実したようすの前田をわたしは見たことがない。そうだ、前田は充実していた。たたくとよい音がする西瓜《すいか》みたいに熟れていた。硬くて厚い皮の下にある果肉を絞って煮詰めたら、上質の西瓜糖ができそうだった。

いいな、前田。このやろう、と思ったら、前田の苦しさなんてちっとも分からないのに、「いいとこ」ばっかりに目がいく自分がつまらなくて、なんだかきまりがわるくって、泣きやむきっかけがなかなかつかめなかった。

エノマタさんは、ほうじ茶をいれてくれた。うんと熱いやつのようだ。素手では持てなかったらしく、エノマタさんは鍋敷き兼鍋つかみを用いて、こぶりの湯飲みを流しからテーブルまで運んだ。

わたしは涙で濡《ぬ》れた目で、湯飲みの柄がキティちゃんであり、鍋敷き兼鍋つかみの柄もキティちゃんであることを確認した。

「あの、これ」

と湯飲みを指差し、

「それも」

とエノマタさんの手もとを指差した。

エノマタさんの部屋に入ったときから、違和感を覚えていた。わたしは胸のうちが忙しくて、そっちのほうで手一杯だったので、違和感の正体をつかめないでいたのだが、キティちゃんを見て、分かった。

エノマタさんが湯飲みを置いた低いテーブルの色は白で、かたちは四角なのだが、四辺がそれぞれ独特な丸みをおびており、それに沿って、しなやかな草のつるを思わせるような細い金色の線がひいてある。脚は上部がふくらみ、なかほどで細くなり、下部が丸まっている。つまり、猫脚だ。シンプルではあるが、ロココ調といわれるタイプだ。

わたしが腰を下ろしているベッドの色も白で、さりげなくロココ調だった。頭と足もとに波打った分度器みたいなかたちのボードがあり、真んなかにシャルルとかアンリとかいう名前のフランス国王の紋章のもようによく似たアヤメのようなものが描かれていた。金色で。

枕《まくら》もふとんも無地の茶色いカバーで覆《おお》われていたが、目を転じると、部屋のすみにある白いキャビネットもロココ調だった。ロココとキティちゃんの取り合わせは、みょうにしっくりする。わたしの趣味ではないけれど、どちらもカワイイ、と好む女の子はいそうだ。

ああ、といって、エノマタさんはキャビネットに目をやった。ほかにもあるんですよ、とキャビネットを指差した。見てみたら、なかにキティちゃんグッズがどっさりあった。

「あつめてるんですか？」

キティラーとか？とわたしは鼻をひとつすすってから、遠慮がちに笑った。まばたきしたら、まぶたが重たかった。腫《は》れているのだろう。

「まあ、そんな感じだったんでしょうねえ」

エノマタさんは他人事のような返答をした。とくに表情は変わらなかった。過去形で話しているのだから、過去の話にちがいない。エノマタさんは、以前、この部屋でロココとキティちゃんを好む女の子と暮らしていたのだ。

つめたい水で顔を洗いたくなった。

およそ半年ものあいだ、あんなに熱心にエノマタさん周辺をうろついていたのに、なぜ、気がつかなかったのだろう。ストーカーとしてどうかという前に一般的な観察者としてどうかと思う。いかにも視界が狭すぎる。わたしは、たぶん、エノマタさんよりほか見ていなかったのだ。わたしは、エノマタさんに恋人などいないと、てんから決めていたのだった。

また涙が出そうになった。バッグからポケットティッシュを取り出して、鼻をかむ。めそめそなんかしてられない。ロココとキティちゃんを好む女の子に、おそらく、わたしのような「めんどくささ」はないと思えた。

「落ち着いたようだね」

よかった、よかった。真向かいで床に直座りしていたエノマタさんが立ち上がって、わたしの隣に腰を下ろした。わたしの頭を撫《な》でながら、なにかいおうとしたのだが、その前にわたしがエノマタさんの肩におでこをくっつけて、黙って首を振ったので、なにもいわなかった。その代わりに、エノマタさんは大きな手でわたしの襟足をゆっくりとさすってくれた。耳の下に幾度か口づけしたあとで、わたしの顔を起こさせた。唇を合わせてからは早かった。部屋の暖房を弱めなくちゃならないほどエノマタさんが汗をかいたのは、いまから十時間と少し前だ。

3

コーヒーをいれ終えたら、ひまになった。

前田に電話でもしようかと思ったが、前田は恋人と箱根でしっぽりやったあとだ。おじゃまだろうから、遠慮した。

ベッドに腰かけ、窓から外をながめる。

ストーカー時代に、わたしがよくたたずんでいた都電の停留場が見える。いわくいいがたい感慨が胸に込み上げてきた。わたしはエノマタさんと付き合うようになり、一線まで越え、過去の恋人にもやもやと嫉妬《しっと》するまでになっている。

ここまできた、と思ったが、それは一瞬で、すぐにロココとキティちゃんを好む女の子に考えが移っていった。

どんな女の子だったのかももちろん気になるが、ふたりがいっしょに暮らしていた時期と期間も気になる。

たとえば、札幌から連れ立って上京したのなら、親公認ということも考えられる。結婚の約束もしていたのかもしれない。エノマタさんが新しい仕事に慣れたら、晴れて……みたいな約束をしていたのではないか。その約束をエノマタさんはのらりくらりとかわすので、口げんかが絶えなくなり、別れるにいたった、という線が濃厚とわたしは直感で思った。

「札幌から連れ立って上京」はまちがいないはずだ。四月に東京に出てきて、十月までに、交際し、同棲《どうせい》し、別れる展開は速すぎてエノマタさんにはどう考えても無理だからだ。ことに同棲部分だ。

エノマタさんは大人の男性である。「過去」のひとつやふたつはあって当然。結婚歴があってもおかしくない歳《とし》で、むしろエノマタさんほどの素敵さなら、ないほうが奇妙なくらいだ。

だが、どうせなら、ちゃんと結婚してもらいたかった。「ばついち」なら「ばついち」でこちらも納得できる。なんとなくだが、エノマタさんはロココ&キティに押されるなりに同棲までしてしまったのではないかとわたしには思われるのだった。

ロココ&キティがエノマタさんの「のれんに腕押し」感に音を上げず、もうちょっと辛抱していれば、結婚もしたかもしれない。となると、エノマタさんの意思はどこにある、という話になるのだが、そこが、わたしの（そしておそらくロココ&キティにとっても）、悩みの種なのだ。エノマタさんは、真意が読めないひとなのである。

結局、粘った者勝ちなのか。

だが、それでいいのか。

それでわたしはしあわせなのか。

ちょっといってみたかったことをお腹のなかでいってから、息をついた。窓辺に寄って、都電の停留場をよく見ようと立ち上がったら、テレビドアホンが鳴った。白黒のモニターにみっちゃんさんが映っている。操作の仕方が分からなかったので、玄関ドアを開けた。みっちゃんさんなら、勝手に開けてもかまわないだろう。

「およ」

なに、やっぱそういうアレの？　みっちゃんさんはわたしを指差し、陽気に驚いた。おーい、色男、出てこーい、と部屋の奥にひと声かけてから、耳の裏に手をあてて聞く真似をし、音なしのかまえですかあ、いや、まいった、まいった、とにぎにぎしく喋《しゃべ》りたてる。

「買い物に行ってて」

「あー買い物ね」

「マクドナルドに」

「マックね、マック」

内容のない会話を少ししたあと、みっちゃんさんは、これ、たっちゃんに渡しといて、と紙袋を寄越した。ブンタンがふたつ、ごろりと入っている。

「高知みやげ」

おやじとおふくろから。みっちゃんさんは、揉《も》み手をしながらいい、じゃ、そういうことで、両てのひらを擦り合わせて、ぱん、と打った。終始照れくさそうに笑い、かすかにうなずきつづけていたが、それはわたしもおんなじだった。

「あの」

ドアノブに手をかけたみっちゃんさんが即座に振り向き、大仰に、ん？ という顔をする。

「ここに住んでいた女の子って……」

わたしは語尾をつぼませて訊《たず》ねた。

みっちゃんさんになら訊《き》いてもいいと咄嗟《とっさ》に判断した。なぜなら、昨夜《ゆうべ》の飲み会で、みっちゃんさんはわたしを目で差し、「たっちゃんのタイプといえばこちらでしょう」といったのだ。

きょうになって分かったが、あの発言は、ロココ＆キティの存在をふまえてのものだったに相違ない。そう考えればふくみがあった。いや、いまになって、ふくみが出てきた。

わたしの考えでは、ロココ＆キティとわたしは真反対のタイプだ。わたしはロココにもキティちゃんにも興味がなく、だから、あつめたり、そろえたりもしない。よしんば好きであつめていたとしても、自分の好みをいっしょに暮らすひとに押しつけたりしない。

みっちゃんさんは、おそらく、ロココ＆キティはエノマタさんの相手としては不似合いと、いとこの行く末を陰ながら心配していたのだ。ふたりが別れたと聞き、ぎゃくに別れてよかったよ、だって、たっちゃんのほんとうに好きなタイプってあんなんじゃなかったはずだろ？　と本音をまじえてなぐさめたような気がする。

だからこそ、「たっちゃんのタイプといえばこちらでしょう」という言葉が出てきたのだ。みっちゃんさんは、掛け値なしにわたしとエノマタさんの交際を祝福していた。

「いや、まー、むかしの話ですよ」

みっちゃんさんは苦笑した。いい時代のなごりってやつで、とつづける。

「いい時代だったんですか？」

「そりゃそうでしょう」

みんな浮かれちゃってさ。みっちゃんさんが大きくうなずく。わたしもうなずいた。みっちゃんさんにだって浮かれていた時期はあるだろうし、浮かれでもしなかったら、エノマタさんがロココとキティに囲まれて生活するとは思えない。それに今朝のエノマタさんのようすを思い返すと、エノマタさんは案外浮かれやすい性質を持っているようだし。

「いまでも池袋のお店に出てるらしいですよ」

次のだんなに出してもらった店は案の定だめだったみたいでね、とみっちゃんさんが眉根《まゆね》を寄せて、声をひそめ、ロココ&キティの消息をわたしに伝える。

「だんな？」

と訊き返したら、「だ」のつく言葉でいうとね、と前置きし、

「『パ』のつく言葉でいうと、パトロンっていうか、パパっていうか」

そんなような、と頭を掻いた。

「……捨てられたんですか？」

エノマタさん、と主語は口のなかでつぶやいた。

「ぎゃくによかったんじゃない？」

みっちゃんさんはこともなげにいった。

「あのままつづけてたら、ケツの毛まで抜かれてましたよ」

金目のものは残らず持っていったみたいですからねえ、と部屋の奥に視線をのばし、肉付きのいい顎をしゃくった。

4

残念としかいいようがない。

腹が立つほど、がっかりした。

窓越しに都電の停留場を眺め下ろして、気がついたら、わたしは歯を食いしばっていた。

エノマタさんがそんなひとだとは思わなかった。押しに弱いとは気づいていたが、がりがり亡者のちゃっかり女の手に落ちるとは。色仕掛け（たぶん）にまんまとはまり、預貯金がすっからかんになる一歩手前（たぶん）になるまで入れ上げるとは。

そういう男はばかだと思っていた。女も女だが、愚かしさでは男のほうが一枚上だ。

エノマタさんはばかだ、と思ってから、エノマタさんにはばかだった一時期があった、に訂正した。すると「恋は盲目」ということわざが頭をよぎった。

エノマタさんは恋をしていただけなのではないかという考えが、打ち消しても打ち消しても浮かんでくる。こっちのほうが、色気で骨抜きになっただけより始末がわるい。

エノマタさんに、身ぐるみ剝《は》がされる寸前まで執着した女性がいたことに、わたしはかなりショックを受けた。その女がロココ＆キティで、エノマタさんは金持ちのひひじじい（たぶん）に乗り換えられたにもかかわらず、ロココ＆キティの思い出と、いまだに、いっしょに暮らしている。その部屋で、わたしと寝たのだ。

カンカンカンカンと音がしたので、ほんの少し視線をずらし、ちっぽけな踏切に目をやった。黄色と黒のしまもようの遮断桿《しゃだんかん》がのろまに降りていった。ロココ&キティとおんなじ手順でわたしと行為をおこなったのかと思ったら、くさくさした。あーくさくさする！　と大声に出していえないような、陰にこもった屈託や気の沈みがわたしのからだを浸していった。

わたしはロココ&キティの性の技術をありったけの知識で想像しようとしているようだった。だが、むろん、うまくいかなかった。聞きかじりで、女が男をよろこばせるといわれる行為のいくつかは知っていたし、どうやらとても上手な女がいるようだということも知っていたが、実際、どう上手なのかは分からなかった。まだ実践した経験がないので、自分がうまいのかどうかも、うまくなる素質があるかどうかも分からない。

未完の大器。そう自分に声をかけてみたが、鼻息が漏れただけだった。将来性に期待、とか、まず球種を覚えさせたい、とか、高卒ルーキーの投手の育て方を披露する野球監督みたいなこともお腹のなかでいってみたが、笑えなかった。攻守ところを替えて、というわけでもないけれど、反応面はどうだろうと考えた。

ロココ&キティが巷間《こうかん》伝わる、いわゆる感度のいい女で、そのうえ、たいそう具合のいいものの持ち主だったら、鬼に金棒だ。そうだとしたら、わたしは太刀打ちできない。

その最中、エノマタさんは、わたしにもっと声を出していいんだよ、というようなことをいった。その言葉を聞いたとき、わたしは、エノマタさん、けっこう自信を持ってるんだな、と思った。ほかの女のひとは、もっと、ちゃんと感じて、それを声に出して表明するんだな、とも思った。

わたしは、気持ちいいはいいけど、声を発するところまではいかなかった。よがり声というものを発する勇気も出なかった。

声を出すのに勇気が必要なのかどうかは分からない。感じたら、自然と声が出てしまうのかもしれない。

だが、うまくいえないが、わたしは、まだ、「閉じている」ような気がした。まだ、すっかりひらくことができないのだ。

忘我の域への道のりは遠そうだ、と思うのは、エノマタさんがいくらがんばってくれても、からだにも、心にも、しゃっちょこばった部分が残っていたからだ。恥ずかしさが勝っていて、その癖、わたしの上で奮闘するエノマタさんを冷静にながめていた。

なにもかも「初めて」のせいにしてもいいのだが、となると、「二度目以降」にプレッシャーがかかってくる。エノマタさんがロココ&キティに首ったけだったことを知ったいまでは、プレッシャーの大きさは、なみではない。

だって、スタート地点から負けているのだ。エノマタさんは、わたしのことをそりゃきらいじゃないだろうが、ロココ&キティほど好きではないに決まっている。

いや、だから、ロココ&キティってだれなんだよ。終わったことじゃないか、気にすんな、と、踏切をながめながら、自分に発破をかけてみた。だが、振り返ってエノマタさんの部屋を見渡せば、ロココ&キティはたしかに「いる」のが分かっているので、心持ちはちっとも軽くならない。

エノマタさんはロココ&キティを忘れられないのではなく、新しい家具を買うお金がないから、そのまま使いつづけているだけなんだ、あるいは、エノマタさんには鈍感なところがあって、ロココ&キティの思い出とはべつに、ただの家具として使っているだけなんだ、処分するのがめんどくさいだけなのかもしれないし、と考えても、心は、ちっとも軽くならない。

なのに、「じーん」が不意打ちでやってきた。

なだらかな坂をゆるゆるとのぼっていくような、これまで感じたことのない滴《したた》るような気持ちよさが、わたしのなかで再生される。エノマタさんの息づかいや、擦り合わさった音や、ぴったりくっついてから離れるときの皮膚の感触が忠実によみがえるのだった。

エノマタさんの首にしがみついて、痛さを堪《こら》えていたとき、わたしは、なにかを切り裂いた気分だった。それは、いままでわたしがすごしてきた時間だったり、こういうものだと思っていた「世界」だったりする。おおげさにいうと。

ひらくところまではいかなかったけれど、目の前がひらけたのはたしかだった。薔《ば》薇《ら》、芍薬《しゃくやく》、スイートピー、それにライラックの花束を受け取った気がする。ごくロマンチックにいうと。

少々の安堵《あんど》もあった。わたしにもできるんだ、と、逆上がりがようやくできたこどもみたいなことを思った。なにごとかを成し遂げた気分だった。

頰を手の甲でぬぐうように擦ってから、ふう、と肩で息をした。

どうして、エノマタさんというひとは、わたしの思った通りではないのだろう。

親しくなればなるほど、ちょっとずつだが、エノマタさんは、「わたしが思っていたエノマタさん」から離れていく。

なまみのエノマタさんが「わたしが思っていたエノマタさん」とちがうことくらいは承知している。「わたしが思っていたエノマタさん」なんていうひとは、この世に存在しないのだ。

遮断桿がゆっくりと上がっていく。われ先にと踏切を渡ろうとするひとたちを、窓に額をくっつけてながめる。頬が知らずにゆるんできた。

短大生だったころ、前田と話したことを思い出した。

そのとき、わたしと前田は知り合ったばかりで、わたしは、前田に、教養があるところを見せたかった。前田にしても同じ気持ちだったらしく、わたしたちはどちらからともなく話題に『万葉集』を持ち出したのだった。のちにくだらない話しかしなくなったことを思えば、隔世の感があるが、そのときはふたりとも少しだけ背伸びをしていた。


馬の音のとどともすれば松蔭に出《い》でてぞ見つるけだし君かと

あのとき、学食のかたすみで、かけうどんをすすりながら、わたしは前田にこの歌が一番好きだといった。

わたしはいまでもこの歌が一番好きだ。茶色い紙袋を提げて、踏切を渡るエノマタさんを見ながら、そう思った。馬の足音が聞こえたら、あなたさまではないかと思い、松蔭に出て、何度も見てしまうくらい、わたしはエノマタさんが好きなのだ。ふるえるほど、「じーん」とする。

すごろく

1

にわかに春になった。

モッコウバラのつぼみがふくらんでいる。

もうすぐ開花だ。愉《たの》しみである。

中通りに、あわい黄色のモッコウバラを壁に這《は》わせている家があるのだった。満開ともなれば、黄色いぼんぼりのかたまりが幅の広い川みたいに壁面を蛇行する。

いまのアパートに住んでいるかぎり、わたしは毎年この家のモッコウバラで春がきたことを、ある日突然、実感するのだろう。

そう思いつつ立ち止まってながめていたら、なかからひとが出てきた。ばあさんだ。暴風になぶられたような髪型をしていて、はっとするほど鮮やかなオレンジ色のロングTシャツの上に栗色のカーディガンを羽織っている。

歯ブラシをくわえているので、起床したばかりと思われる。玄関ドアを開けたら、見知らぬ女がいたので、かなり驚いたらしい。顔の横に「ギョッ」と書き入れたくなるような表情を一瞬浮かべた。七、八割方白髪の頭を急いで撫《な》で付けてから会釈《えしゃく》し、歯をみがき始める。無言で。こちらと目を合わせながら。

おはようございます、きれいですね、ちょっとなんかあんまりきれいだったもんですから、と挨拶《あいさつ》、賞賛、釈明を身振り手振りをまじえてもぐもぐと伝えていたら、玄関ドアがまたひらき、今度はじいさんが出てきた。紺白の太いしまもようのパジャマすがただ。やはり歯ブラシをくわえている。モッコウバラをながめながら朝の歯みがきをおこなう習慣の夫婦と見える。

どうも。どうも、どうも、おはようございます、と頭を下げながらなるべくゆっくりきびすを返し、わたしはその場を後にした。ほほう、なるほど、というふうに壁を見上げてから、もときた道を歩く。振り向いたら、老夫婦はふたりそろってこちらを見ていた。

朝の五時半くらいだった。

いやに早く目がさめたのだった。

いったんは眠り直そうと目をつむったが、昨年四月のわたしがしていたように、エノマタさんの住むマンション付近まで出かけようと思い立った。久方ぶりに都電の停留場にたたずみ、エノマタさんの部屋を見上げてみるんだと決めたのは、「初心忘るべからず」の精神によるものだ。ここいらで「初心」を実践したほうがいいような気がした。

最近、わたしはたるんでいる。

去年のわたしからしてみれば、ばち当たりなことばかり考えている。

毎日、毎日、緊褌《きんこん》一番くらいの心意気でエノマタさんの住居、勤務先などをうろついていたわたしはどこにいってしまったのか。あのガッツはどこに消えた。エノマタさんとお付き合いができているしあわせをなんと心得ておる。思い出せ、エノマタさんがまだわたしの存在すら知らなかったころを。エノマタさんがわたしの名前を呼んでくれる日なんか一生ないかもしれないとむやみに感傷的になった夜明けを。

なのに、モッコウバラの家まできて、つい引き返してしまった。都電の停留場まで行くのが、ふと、どうでもいいことに思えた。

アパートに戻ろうとする道すがら、自分の繰り出す歩数を機械的に数えた。数えながら、モッコウバラの家の老夫婦のすがた——ふたりそろって寝間着で歯みがきをしている——を幾度も思い返した。そのたび、「あがり」という言葉が浮かんだ。

すごろくなら、さいころの出た目によっては駒《こま》が戻る場合がある。出目次第では振り出しに戻りもする。だが、それは盤上でのこと。実際、振り出しに戻るなんて無理だ。振り出しと同じ心持ちには、たぶん、なれない。

2

アパートに戻ったら、りえぽんはまだ寝ていた。

ふとんが、ゾウをこなしているウワバミみたいにふくらんでいる。膝《ひざ》をつき、上半身を倒した状態で眠っているのだろう。りえぽんはたまにそういう寝方をする。

カーテンを引いているので、部屋のなかは薄暗い。暑くもないし、寒くもない。とろりと眠気がさしてくる。ためしにあくびをしてみたら、本気で眠たい気がしてきた。きょうは遅番だから出勤まで時間がある。わたしはふたたびパジャマに着替え、ふとんにもぐり込んだ。

「えー寝るの？」

まさかの二度寝？　りえぽんがふとんのなかから声を発した。はっきりした声だった。ばふばふと音を立て体勢を変え、仰向けになる。そのままばんざいの恰好《かっこう》をし、伸ばした両腕で枕《まくら》を探りあてた。わずかに頭を持ち上げて隙間《すきま》を作り、枕をねじ込んでから、あげていた腕をおろし、気をつけの姿勢になった。いま、何時？　と訊《き》く。

「まだ六時になってないよ」

「そんな早いんだ」

ふうん、とりえぽんは両手で掛けぶとんをぎゅっとつかみ、ぱっと離した。

「あーごめんね。起こしちゃって」

眠れなかった？　一応気を遣ったが、わたしの知るかぎり、りえぽんが「眠れなかった」ためしはない。りえぽんは、とにかく寝る。何度寝でもできる。眠れなかったのは、彼氏と揉《も》め、ふたりで住んでいたアパートを飛びだす前夜くらいだろう。

「んー眠れなかったってわけでもないんだけど」

めっぽう甘ったるい口調で前置きしてから、りえぽんは、はーと息を吐いた。

「なんかねー目がさえちゃって」

あのね、頭のなかがキラキラしている感じなの、と両手をあげて、電球を取り替えるような身振りをする。

「そりゃよござんしたねえ」

わたしはふとんを肩まで引き上げ、寝返りを打った。りえぽんとは反対側に顔を向けた横寝になって、目を閉じる。なにかいいことがあったのだろうとは察したが、いま、りえぽんの話を聞く気はなかった。長くなるからだ。

「ねえ、よっちゃん。どうして、あたしの頭のなか、キラキラしていると思う?」

思ったとおり、謎《なぞ》をかけてこられたが、さあ、どうしてなんだろうねえ、とお茶を濁した。だが、りえぽんは、ねーねーどうしてだと思う? とわたしのふくらはぎをつまさきでつつく。なま返事をしていたら、ねーねー、ねーってばー、と足の裏でわたしのふくらはぎをソフトだが幾度も蹴《け》った。

いいたいことがあるんなら、もったいつけずに、すっといえばいいと思うんだよ。わたしはね、たとえば、何歳? と訊かれたときに、……いくつだと思う? とか、そういうどうでもいいことにいちいちためをつくる連中がどうにも鼻持ちならなくて、というようなことは先に伝えた覚えがあった。

そのときは、じゃあ、よっちゃんは、エノマタさんに「いいたいこと」を「すっといえる」の? と返され、ぎゃふんとなったが、いいたいことをいえないのと、もったいをつけるのとはぜんぜんちがう、と断言した。

いいたいことはいえないが、お腹《なか》のなかにたまっていく、ひとつひとつはちっぽけな不満や不愉快を、ふっと黙り込んだり、相槌《あいづち》を棒読みにするなどして、遠回しにねっちり表明するのは、ひょっとしたら「もったいをつける」のといっしょなのかもしれないと思ったが、むろん、口には出さなかった。

「よっちゃんは竹を割ったような性格だからねー」

ただし、エノマタさん以外のひとにたいしてだけど。りえぽんはのんびりとした調子で辛辣《しんらつ》なことをいう。

「それをいわれると、こっちも弱いね」

りえぽんと反対側を向いたまま答えたら、

「そういえば、元カノの残骸《ざんがい》、まだ気になる？」

と思い出したように訊いてきた。

3

エノマタさんの部屋には、以前エノマタさんが（たぶん）同棲《どうせい》していた恋人の痕跡《こんせき》が残っている。彼女の好みにちがいないロココ調の家具とキティちゃんグッズが、彼女が去ってのちもエノマタさん宅で使用されている。ゆえに、わたしはロココ調のベッドでエノマタさんとわけを立て、キティちゃん柄の湯飲みでお茶をのむ羽目におちいっているのだった。

世間じゃよくあることだとは百も承知なんだけど、でも、わたしはそれがやっぱりちょっとなんだかすごく気になったりなんかするんだよね、と、りえぽんに打ち明けたことがあった。

晩ごはんをたべているときだった。おかずは麻婆《マーボー》豆腐だった。市販の麻婆豆腐の素に、葱《ねぎ》や生姜《しょうが》やニンニクのみじんぎりをかなり大量に足し、豆板醬《トウバンジャン》も投入し、うんと辛くしたのだった。こりゃあごはんがすすむね、とたべ始めたのだが、わたしはすぐにおなかがくちくなった。あれ、よっちゃん、おかわりは？　二膳《ぜん》たいらげ、三膳目に突入しようとしていたりえぽんに訊かれ、食の細いよっちゃんなんてよっちゃんらしくないといわれ、このところのりえぽんの食欲には目を見張るものがあるね、といい返したあと、食欲が落ちたわけじゃないんだけど、いや、じつはさ、と問わず語りに語ったのだった。わたしとしては、思い切った告白だった。しかし。

ああ、そういうのね。気になるひとは気になるみたいだよねー。

りえぽんはさらりと受け流した。どうしてもいやなら、捨ててもらえば？　と実現不可能なことを三膳目のごはんを口に運ぶついでのようにいった。

あたしは気にならないけどなー、とごはん茶碗《ぢゃわん》を持ったまま うなずく。彼氏の家に元カノのものが残っていても、あたしが彼氏の家に残していったものを、もしも、いまの彼女に捨てられたとしても。

どっちにしたって、終わったことだし、とごはん茶碗を決然とちゃぶ台に置いた。あたしには関係ないっていうか、と台所に立った。沸かしておいたお湯を急須《きゅうす》にそそぐ。

「捨てて」なんていったら、恋人として強権発動しているみたいで感じがわるいよ。それにエノマタさんはおいそれと家具を取り替えられるほどお金持ちじゃないしさ。からになったごはん茶碗にお茶をいれるりえぽんに、「いいつのる」というほどではないけれど、それに準ずる勢いでいったら、りえぽんは、じゃー我慢するしかないんじゃないのかなーと首をかしげた。

ていうか、「おいそれ」ってなに？　と訊かれ、すぐに、とか、ただちに、って意味だよとわたしが答え、そういう雰囲気のタイトルの歌ってなかった？　とりえぽんが再度訊《たず》ね、それは『オーソレミオ』じゃないかな、という、まったくどうでもいい会話を挟んだあと、りえぽんは、我慢するっていうか、よっちゃんが自然に慣れて、気にならなくなっていくっていうか、そうなったらいいね、と、すぼめた唇でお茶をのみのみ、わたしをなぐさめた。

わたしは自分がりえぽんにくらべ、生娘に毛がはえた程度のものだと思い、これからどのくらい経験を重ね、修羅場を踏んだら、りえぽんの域に達するのだろうと考え、いいや、それは経験とか年期の問題ではなく性質の問題ではないかと考え直し、だってりえぽんは基本的にゆるいから、と思ったところで、ある程度の「ゆるさ」、つまりだらしなさは、もろもろを「かんたん」にするんだよなあ、ぎゃくにわたしは、もろもろを「ややこしく」しちゃうんだよなあ、と遠くの山に目をこらすように、不定形の思いというもの、をやわやわと巡らしていたら、りえぽんが口をひらいた。

あたしん家におばあちゃんがいたことがあったんだけど。お茶の入ったごはん茶碗を円く揺すりながら、りえぽんがぽつりといった。

おばあちゃんねー、ごはんをたべたあと、かならずお茶碗のなかで入れ歯をゆすぐの。ごちそうさまっていったらすぐ、魔法瓶の頭のとこを手首に近いところのてのひらでぐうっと押して、お湯を出して、ごはん茶碗に入れてね。そのなかでちゃぷちゃぷと入れ歯を泳がせたあと、がっこん、ぱくって口に戻すの。そこまではまあいいんだけど、うちのおばあちゃん、入れ歯をゆすいだあとのお湯をのむんだよねー。それがあたし、すごく気になって。

それはものすごく気になるね、とわたしは即座に同意した。

おそらくりえぽんは「気になる」というテーマで記憶をさぐり、おばあちゃんのことを思い出したのだろう。その証拠に、視線をさまよわせていた。止まった、と思ったら、気になるって生理的なものなのかも、とつぶやいた。

4

うーん、と長いこと唸《うな》ってから、

「前ほどは気にならなくなったよ」

とわたしはりえぽんに答えた。

「いやはいやだけどね」

うん、いやはいやだけど、と繰り返してから、顔だけりえぽんに向け、こうつづけた。

「ベッドとかの大物はあきらめるしかないとしても、小物はじょじょに取り替えようと思ってるんだ。手始めにこないだ湯飲みを買っていったよ」

なんてことなさそうに答えたが、そこに至る道のりは平坦《へいたん》ではなかった。

わたしはキティちゃんがあまり好きではないとエノマタさんにやんわり伝えるとこ

ろから始めた。

どのくらい「やんわり」かというと、むかしっからキャラクターものが全般的に苦手で、と、小学生時分からのエピソードをからめ、折に触れ、短く話した。

キティちゃん好きの女子にゆえなく敵対視され、なにかにつけ意地悪されたり、嫌みをいわれた思い出をさりげなく織り込み、キティちゃんに恨みはないが、坊主《ぼうず》憎けりゃ袈裟《けさ》まで憎いみたいな部分はないとはいえない、という意を込め、冗談めかした渋面をこしらえて、キティちゃん柄の湯飲みをとっくりとながめてみたりした。

唯一《ゆいいつ》可愛《かわい》いと思うキャラクターはチキンラーメンのひよこちゃんだが、それでも、そのグッズを身の回りに置こうとは思わないし、使う気にもならないということも、ふたりでテレビを観《み》ているときに、数回、話した。

エノマタさんとは、基本的に十日に一度のペースで会っている。

同衾後の大きな変化は、デイトの場所がエノマタさん宅になったことと、わたしが泊まって行くようになったことだ。

エノマタさんがわたしと会うのは、エノマタさんが遅番にあたっている日だった。予想通りだ。家に帰って食事のしたくをするのが億劫《おっくう》な日に、わたしと焼き鳥居酒屋で会っていたというわけだった。これも予想通りではある。

吉田さんに会うと、なにかこう、リラックスできる感じがして。その日一日が愉しく終わるようなね、そんな感じ、というところを見ると、エノマタさんがわたしと会う理由は、「食事のしたくが億劫」なだけではなかったらしい。これもまた、期待を込めてぼんやりと予想はしていたが、エノマタさんの口から聞くと、ひとしお、うれしかった。

いま思い出してもうれしいから、エノマタさんの声で再生する。

吉田さんに会うと、なにかこう、リラックスできる感じがして。その日一日が愉しく終わるようなね、そんな感じ。

今度はそのときのシチュエーション――ことのあと、エノマタさんはわたしの頭の下に腕をあてがい、わたしの髪の毛を梳《す》いていた――と、エノマタさんの顎《あご》の下のにおい――汗と、ひなたぼっこをしていた猫のにおいが合わさったような――込みで再生。

吉田さんに会うと、なにかこう、リラックスできる感じがして。その日一日が愉しく終わるようなね、そんな感じ。

わたしの願望を加味した完全版も再生。

苑美ちゃんに会うと、どうしてなのかなあ、リラックスできるんだよね。落ち着くっていうか。どんなにいやなことがあっても、苑美ちゃんと会うと、ああ、いい一日だったたって思えるんだ。苑美ちゃんてふしぎだね。うん、苑美ちゃんはふしぎだ。だって、会えないときも苑美ちゃんのことを考えるだけで、やすらぐ。愉しくなる。つらくても、がんばろうって気になる。苑美ちゃんは、前の彼女とはぜんぜんちがう。いや、前の彼女だけじゃなくて、いままで付き合ったどのひととも苑美ちゃんはちがう。ぼくは、苑美ちゃんのことが、ほんとうに、とっても好きなんだよ。苑美ちゃんが思っているより、ずっとずっと好きなんだよ。

修正するたびに、どんどん紋切り型になっていった完全版だ。しかも、長い。わたしがわたしでなかったら、からだのあちこちが痒《かゆ》くなるような科白《せりふ》の連射だ。というか、わたしでもむず痒い。そして歯が浮く。エノマタさんがこんなことを口にしたら、うわあ、いっちゃったよ、このひとは、と思うだろう。借り物の言葉を貼《は》り合わせただけの、ひとかけらも真心のこもっていない、つまらぬ、唾棄《だき》すべきものと決めつけ、ひどくかなしい気持ちになるだろう。

なぜなら、エノマタさんは、きっと、わたしの考えた完全版みたいなことは口にしないひとだからだ。

もしもエノマタさんが完全版を口にするなら、それは、わたしがいわせたときだ。たとえばちょっとした意見のくいちがいで、ふたりのあいだのムードが険悪になったとき。エノマタさんは、ひょっとすると、ムードを改善するためだけに完全版に近いことをいうかもしれない。あるいは、エノマタさんの浮気が露見するなどの一大事のさいに、わたしが罰として、エノマタさんにわたしが作製した完全版を復唱させ、猛省をうながし、わたしへの気持ちを再確認させる、とか。

いずれにしても、そこにエノマタさんの心はない。

吉田さんに会うと、なにかこう、リラックスできる感じがして。その日一日が愉しく終わるようなね、そんな感じ。

このあたりが、たぶん、エノマタさんのせいいっぱいなのだ。だから、わたしは、こんなにうれしいのだ。どうかと思うほどしつこく胸のうちで再生するのだ。

「キャラクターもの（分けてもキティちゃん）が苦手」キャンペーンがエノマタさんに浸透したころを見計らい、湯飲みを買っていったのはついこのあいだだ。

夫婦タイプの湯飲みはロフトで選んだ。そう高くない。孔雀石《くじゃくいし》みたいな色のはエノマタさん、雲母《うんも》みたいな色のはわたし、と決めていた。

こういうふつうのやつが欲しかったんだ、とエノマタさんはたいそうよろこび、さっそくキャビネットにしまった。

あ、いや、使いましょうよ。わたし、洗いますから、と提言したが、せっかく買ってくれたのに、すぐに使うのはもったいない、とエノマタさんはにっこり笑んだ。ふだんはこれでじゅうぶんでしょう、とキティちゃん柄の湯飲みにお茶をいれ、吉田さんの買ってきてくれたのは、なにか特別な日用にとっておくことにして、といい出す。

いえいえいえいえ、使うためのものですから。日常使いにしかならない安物ですから。わたしは、それでも、笑い声をしのばせて、キティちゃん柄の湯飲みを指差し、これだいぶ年季が入っているみたいで、ほら、ヒビとかカケとかもあるし、いつ割れるか分かんないし、ね、とエノマタさんの顔を覗《のぞ》き込んだ。ね。

だが、エノマタさんは、そうか、じゃあ、どうせなら割れるまで、これ、使ってみようか、とキティちゃん柄の湯飲みを両手で大切そうに持ち上げたから、やぶへびだった。なにより、わたしは、わたしが張っていた「キャラクターもの（分けてもキティちゃん）が苦手」キャンペーンがエノマタさんにまったく浸透していなかった事実に脱力していた。

エノマタさんて、けちん坊なんですね。

ほんのちょっと皮肉をいったら、エノマタさんは、吉田さんが買ってきた湯飲みはなるべく長く使いたいからね、と応じた。いつものように、たんたんとしていた。前の彼女の湯飲みだって長く使いたがってるんじゃないか、という気持ちを込めて、わたしはキティちゃん柄の湯飲みをエノマタさんに見せつけるようにしてゆっくりと片手で持ち上げ、お茶をすすった。

ものを長く使いたいのはすこぶる結構だ。エノマタさんは、その「もの」の出自や価値に頓着《とんちゃく》せず、ただただ「もの」を大切にしたいひとなのかもしれない。単に、まだ使えるものを捨てるのがいやなのかもしれない。たしかに「もの」は「もの」だが、わたしが買ってきた「もの」と、前の彼女が置いていった「もの」をひとしく長く使いたがるのは、やはり、気分がわるい。公平すぎて、いやだ。

いまでも会うのは基本的に十日に一度だ。エノマタさんの勤務シフトが決定したら、自動的に会う日が決まるのだった。この流れも、わたしはいやだった。順序があべこべではないかと思うのだ。「会う」より「遅番」に重心が置かれている。

だって、わたしは、ふたりで会う日にはバイトを早番にし、明くる日は遅番にするよう調整しているのだ。

もちろん、はなからそういうシフトだったり休日だったら問題はない。ようく考えると、そういう場合のほうが多く、バイト仲間に交代を頼む機会はじつは少ない。でも、わたしのなかには、わたしばっかりエノマタさんの都合に合わせている、という「感じ」が根を張っている。

わたしのシフトは変更が可能で、エノマタさんのシフトは不可能かもしれない。だとしても、わたしのなかの「感じ」は消えない。だってエノマタさんが「会うのは基本的にぼくが遅番の日」というこだわりを捨てればいいだけの話だもの。

わたしがふたりで会う当日は早番、翌日は遅番のシフトに調整することをやめれば、ぶすぶすと燻《くすぶ》るような不満は軽減するかもしれないが、それは、ちょっと、できない。

なぜなら、当日は勤め帰りにスーパーに寄って食材を買い込み、夕食の用意をしてエノマタさんを待ち、翌日は朝食の支度をし、洗い物をすませ、いってらっしゃいとエノマタさんを送り出す習慣ができているからだ。

二月の終わりにエノマタさんがわたしに内緒で合鍵《あいかぎ》をつくり、ないと不便かもしれないから、と照れくさそうにテーブルの上に、ことん、と置いたのが、きっかけだった。こういうの、いやなら受け取らないでくれていいんだよ、と付け加えてくれたのが、わたしのよろこびを何倍にもした。

わたしは、男のひとと深く付き合うのは初めてだ。

彼氏の合鍵をもらったとか、彼氏がなかなか合鍵をくれないのはどうしてだろうという話を知り合いから聞くたび、なぜそんなに合鍵を重要視するのか分からなかった。恋人とはいえ赤の他人の留守宅に、もらった鍵を使用してとはいえ侵入するのは、行為だけ見ると空き巣にそっくりだ。

だが、もらってみたら、合鍵は無条件でうれしいものだった。たしかにエノマタさんの留守宅に入るときは空き巣感がほんのぽっちりだが、ある。でもだんぜん恋人感がそれに勝る。ああ、わたしはエノマタさんに恋人として承認されたのだなあ、との思いが胸いっぱいに広がる。わたしだけがエノマタさんを恋人と思っているのではないのだなあ。

三月の中旬には、洗濯もするようになった。掃除はその前からしていた。

エノマタさん家の台所で、エノマタさんのために料理をし、エノマタさんの洗濯機でエノマタさんのパンツや靴下を洗って干し、エノマタさんの掃除機で、床に落ちたエノマタさんのごみを吸い込むのは、わたしにとって、とてもしあわせなことだった。エノマタさんに片思いをしていたストーカー時代、わたしはエノマタさんのなにもかもを知りたかった。

わたしの考える「なにもかも」はエノマタさん自身ではなく、エノマタさんというひとを構成する要素にかぎられた。それをできるだけ詳細に知りたかった。たとえば靴下なら、どこのブランドの何色を何足所有していて、通勤用にはくローテーションと休日用のそれとを一覧にしたいというような。

加えて、朝は何時に起き、なにをどのくらいたべ、なにをどのくらいのみ、といった「一日の行動」もなるたけくわしく押さえたかった。そのようすをそっと見られたらいいのになあ、と思った。エノマタさんの隣の部屋に住み、こっそり壁にちいさな穴を開けるとか、わたしが蠅《はえ》になってエノマタさんの住まいを飛び回るとか、わたしが捨て猫になってエノマタさんに拾われ、可愛がられていっしょに暮らすなど、ばかげた空想にふけったこともあった（ちなみに捨て子になったエノマタさんをわたしが女手ひとつで育て上げるバージョンもある）。

それでなにが分かるんだ、と失笑する向きもあるかもしれないが、わたしは、わたしが「エノマタさんというひと」を知るには、それしかないと思い込んだ。「エノマタさんというひと」に近づくにはそれしかないと。

だから、わたしがエノマタさん家の合鍵を手に入れたのは、言葉はわるいが、痴漢を女性専用車に放り込んだのも同じといえる。やろうと思えば、やりたい放題できる。

なのだが、わたしにその気が起こらなかった。

付き合うにつれ、「その気」がだんだんと失《う》せていった。

なまみのエノマタさんに近づいていったからだろう。

雲に見え隠れする光を追っていた視線が、近所の小ぎれいな二階屋を見あげるようになり、いつも手紙を出す郵便ポストを見る目になった。

結局、なまみのエノマタさんは郵便ポスト程度だったのか、という話はさておき、わたしは、それだけ、なまみのエノマタさんになじんだのだ。なじんで、エノマタさんが等身大になったぶん、気になることが増えてきた。

ふたりでたべる夕食用の食材にかかった代金は割り勘にて清算するのだが、わたしが持ち込んだすり鉢やすりこぎや卵焼き器や、気を利《き》かして買ってきた揚げ物用の油敷き紙や、掃除機の紙パックなんかの代金を、エノマタさんは支払わない。たいした額ではないし、わたしが勝手に購入したといわれればそれまでなのだが、なんとなく釈然としない。どうもありがとう、と礼をいうだけですませるのはいかがなものか。

二月と三月には一度ずつ、土日も泊まった。客商売の仕事だが、土日はバイトに入る子が多い。わたしもそろそろ中堅と呼ばれる立場になり、土日が休みやすくなったのだ。

週末に会ったときの夕食はピザの出前だった。代金はエノマタさんが持ってくれた。朝食兼昼食の支度はエノマタさんが担当した。二月も三月も煮麵《にゅうめん》だった。四月以降は素麵《そうめん》のような気がする。

それから近くの公園に出かけ、ベンチに腰かけジュースをのんだりしたあと、レンタルショップにDVDを借りに行った。このときの支払いもエノマタさん。DVD鑑賞時に欠かせないお菓子もエノマタさんが用意しておいてくれていた。

ゆえに、支出をトータルで考えると、わたしとエノマタさんはトントンか、エノマタさんのほうがいくぶん多い。のだが、わたしはなんだか割り切れない。エノマタさんが、わたしにはできるかぎりお金をつかわないように腐心していると思えてならないのだ。

エノマタさんには、親しくしている男友だちが数人いるらしい。

土日はかれらとあそぶことが多いようだ。ちらと聞いたところによると、「みんな」でめずらしい建物を見学して歩いたり、蛙《かえる》などのちいさな生き物を探し回ったりしたあと、反省会と称し、朝までのみくいしているようだった。ゴールデンウイークには「みんな」でキャンプに行くという。夏休みには旅行に出かける計画もあるらしい。

もちろん、わたしは「みんな」に入っていない。そしてもちろん、わたしは毎週土日は休めないし、ゴールデンウイークも暦通りには休めない。夏休みもない。仕方ないといえば仕方ないのだが、やっぱり、ちょっと、おもしろくない。得手勝手な言い分と頭では分かっているのだが、それでも、ときどき、むしゃくしゃする。

DVDじゃなくて、映画館で映画を観たい、そういうデイトがしてみたいと提案したこともあるのだが、ああ、じゃあ、吉田さんのお誕生日にそうしようか、と提案返しされたときは、泣きそうになった。映画を観に行くというありきたりのデイトですら誕生日までおあずけなのだ。こんなことで涙を見せるのは、あんまりきまりがわるいから、ぐっと堪《こら》えた。代わりにむっつりと黙り込んでしまい、エノマタさんの機嫌をそこねた。

いいたいことがあったら、いったほうがいいよ。

エノマタさんは頬に手をあてがい、ため息まじりにそういった。ひどくつめたい横顔をしていて、硬い雰囲気をただよわせていた。きろりとこちらに寄越した目は感情をともなわないインコ目で、こちらに「いいたいこと」をいわせるまなざしではなかった。こちらだって、もはや、どこからなにをどういっていいのかよく分からない。いったところで、きっとなんにも変わらないんだろうというあきらめもある。

さっきまでは、ロココ調のベッドの上で、どちらがどちらか分からなくなるほど吸い付き合うように密着し、こんがらかって、汗をかいたのに。

付き合うってこういうことなの？　これが付き合っているってことなの？　と、だれにともなく訊きたくなる。焦《じ》れったくって、猛然とだだをこねたくなる。道の真んなかで大の字になり、エノマタのばかやろう、と叫びたくなる。

吉田さんに会うと、なにかこう、リラックスできる感じがして。その日一日が愉しく終わるようなね、そんな感じ。

だったら、なんでわたしともっと会おうとしないのだろう。

なんでわたしとどこかへ出かけようとしないんだろう。

わたしはいつまで「吉田さん」なんだろう。

5

「もう、さいきん、太っちゃって」

りえぽんがつぶやいた。身動きする音が聞こえるから、頬や二の腕や腹部を撫でさすっているのだろう。

りえぽんの体重増加はいちじるしい。二月に前田があそびにきたとき、わたしと前田の食欲につられ、ごはんをお代わりして以来、動けなくなるまでたべるようになった。そのような状態になるまでお腹にたべものを入れないと、たべた気がしないからだになってしまったそうである。

「これってやっぱりしあわせ太りかなあ」

つづけざまにひとりごとをいい、りえぽんは、わたしに「頭のなかがキラキラするってどういうことよ」と訊かれるのを待つ気配を発散させた。

「彼氏でもできた？」

こんなことで根比べをするのも大人げないので訊ねたら、

「惜しいっ」

と弾んだ声を出す。

「ほとんど正解なんだけど、ちょっとちがうっていうか」

うーん、正解にしちゃってもいいんだけど、でもー、ともじもじしているようすだ。

わたしはからだの向きを反転させ、りえぽんを見た。仰向いて、胸に手をあて、でもー、でもー、と繰り返すりえぽんを観察するようにながめていたら、目が合った。

寝返りを打ち、耳を枕にくっつけて、りえぽんが口をひらく。

「あたしね、結婚するの」

「だれと？」

「だれだと思う？」

またそれかよ、とかぶりを振りかけたが、少々じゃけんにしすぎたとの反省もあり、

「わたしの知ってるひと？」

と乗ってみた。

「うん！」

かぶさるように答えられ、いささか面食らった。りえぽんが結婚するというのは、さほど驚かなかったのだが。

りえぽんは、ここにいるあいだにお金を貯《た》めて、いずれひとり暮らしをするといっ

ていたが、無理だろうな、と思っていた。りえぽんはだれかによっかかって生きていくタイプだ。一生よっかかっていける相手が見つかってよかったね、といいたい。わたしも肩の荷がおりるというものだ。相手はちゃんと働き、温厚な性格のひとが望ましいが、その点はだいじょうぶだろう。りえぽんだって、前の彼氏で懲りているはずだから、同じまちがいは繰り返さないはずだ。繰り返さないと信じたい。知っているひとのうちで、まあまあ無難な相手の名をあげた。

「店長？」

わたしの勤め先の店長は別居中である。りえぽんは、いまはクリーニング店に勤めているが、もとは職場のバイト仲間だった。

「やだ、まさかー」

りえぽんは大笑いしつつ全力で否定し、でもいいひとだけどねー、とフォローした。あー可笑《おか》しい、と声を波打たせたあと、

「やさしかったけど……」

ちいさな声でそういったのをわたしは聞き逃さなかった。

「まさか付き合ってたとか？」

「うーん、そこまではいかないけど」

一、二回、ちょこっと。りえぽんは親指とひと差し指でおよそ二センチほどの隙間《すきま》を作った。
「ちょこっと、かい」

苦笑まじりに復唱したのは、わたしも店長から粉をかけられたことがあるからだった。「ちょこっと」の時期を訊ねたら、バイトを辞める前後だという。あんまり一生懸命いってくるから気の毒になって、というのが「ちょこっと」に至った理由らしい。いずれにしても、わたしが店長からの誘いを断った後の話だ。

「となると、みっちゃんさんとか？」

エノマタさんのいとこさんの名をあげたのは、冗談のつもりだった。が、「みっちゃんさんも根は正直でいいひとだったんだけど……」

ふくみのある発言が返ってきた。と、いうことは？　と確認したら、りえぽんは親指とひと差し指で隙間をつくり、

「ちょこちょこっと」

と微笑しながら白状した。

意外にも、りえぽんはみっちゃんさんと付き合うのもわるくない、と思っていたようだ。たしかにみっちゃんさんは明るくて、おもしろい。いっしょにいると楽しいだ

ろう。締まりなく太っているし、汗っかきだし、恰好をつけたがりではあるが、りえぽんはそこをカワイイ、と思ったようだ。

ところがみっちゃんさんは、「ちょこっと」に至るやいなや、これはあそびだ、ということを強調し出したそうなのである。おたがい、ほかにいいひとができたらきれいに別れようと、初回の「ちょこっと」直後にあたふたと因果をふくめたそうだから、くだらぬ野郎だ。エノマタさんのいとこさんとは思えない。

みっちゃんさんがエノマタさんと大いにことなるのは、へんなプライドがあるところだろう。この俺さまに似合う嫁はクリーニング店の受付であってはならない、と考えているのだ、きっと。一度「ちょこっと」があったくらいで、体重をかけられては勘弁、と思ったにちがいなく、早急に手を打とうとしたのだろう。だが、りえぽんみたいにきれいな若い女の子と食事をしたり「ちょこっと」をしたりする僥倖《ぎょうこう》を手放すのは惜しかったらしく、なんだかんだといっちゃあ誘いの電話をかけてきたらしい。

まあ、そこがりえぽんいわくの「根は正直」で「いいひと」につながるのかもしれないが、吝嗇《けち》なことには変わりない。太り始めたりえぽんにダイエットをすすめたりもしたそうだから、なんかこう言語道断。どの口がいう、と唇を捻《ひね》り上げてやりたい。

「分かりやすいっていうか、カワイイよねー」

自分のいうことをなんでも笑って聞いてくれるお人形さんは、きれいなほうがいいものねー。りえぽんは、こりをほぐすように首を左右に振った。とくに傷ついたようすではなかった。なにを考えているのか測れない、ガラス玉めいた茶色い瞳《ひとみ》に、ぽかんと口を開けたわたしの顔を映している。

わたしはりえぽんのゆるさに少しばかり感嘆していた。りえぽんのゆるさは、もはや、天賦《てんぷ》の才としか思えない。いいかわるいかはべつにして。

「じゃあ、もしかして、あれかい？ よりを戻したのかい？」

ここに転がり込むきっかけになった、あのろくでなしと復活愛かい？ と説明調にたしかめたら、

「そうなの！」

と、りえぽんは顔を覆《おお》った。頬を紅潮させて彼氏がいってくれた言葉をわたしにいって聞かせる。

「おまえといると、やっぱ落ち着くし。会えなかったときもおまえのこと、考えるだけで、がんばろうって気になったし。おまえと別れてから、ほかの女と付き合ったりしたけど、やっぱ、だめで。おまえはほかの女とはぜんぜんちがう。いままで出会ったどの女ともちがう。おれは、おまえのことが、ほんとうに、すげえ好きなんだよ。

おまえが思っているより、ずっとすげえ好きなんだよ」

聞きながら、わたしはゆっくりと苦笑した。ほぼ完全版だ。りえぽんはさぞうれしかったことだろう。

6

りえぽんは結婚して、彼氏の実家で暮らすらしい。

彼氏が自堕落な生活をよしたのは、ふるさとから両親がやってきて、大概にしろと一喝されたからのようだ。

彼氏の実家は食品工場を営んでいて、曾祖父《そうそふ》の遺した土地でアパート経営もおこなっているというから、たべるのには困らないだろう。曾祖父、祖父、父と町会議員を歴任しているらしいので、りえぽんの彼氏もいずれ立候補するのだと思われる。

地方のちいさなまちで名士になれる保証があれば、彼氏の心持ちはおそらくおだやかでいられるはずだ。少なくとも、東京で、自分だけの力でなにがしかの成功をおさめようとしたが、思うにまかせず、苛立《いらだ》っていたころよりは、気分が安定するだろう、希望的な観測をすると。そうなればいいと心から願う。どうか、うまく転がりますように。

来週、両家の顔合わせがあるそうだ。式は秋だが、入籍は来月だそうだ。りえぽんは今月中にここを出て、いったん、実家に戻るらしい。準備をして、彼氏とともに新生活へと旅立つ手筈《てはず》である。

ああ、りえぽんはこれで「あがり」なんだな、と思った。

先ほど見かけたモッコウバラの家の老夫婦のすがたがよぎる。

あれほど見事なモッコウバラを丹誠しながら、つまらなそうに歯をみがいていた。とくに夫婦仲がよさそうにも見えなかった。歳《とし》が歳だから、いちゃいちゃするとまではいかないが、いわゆる「苦楽をともにした」老夫婦特有の「いろいろあったけど、いま、ささえあって生きてます」というような、平凡だけどあたたかみのある達成感みたいなものが伝わってこなかった。ばらばらに歳をとったふたりが、なんとなく暮らしている、という感じだった。

わたしとエノマタさんがもしもこのまま付き合いをつづけていき、結婚でもして、老いたら、あんなふうになる気がする。それぞれ、てんでにただ歳をとり、たがいに深く干渉しないまま時がすぎ、やがて無言で歯をみがく。あの老夫婦におけるモッコウバラのように、なにか、ひとつ、共通点があればいいのだが、と他人事のように考えたところで、いつか聞いたりえぽんの言葉を思い出した。

ていうか、よっちゃんたち、付き合ったばかりじゃん。まだぜんぜんおたがいのこと、分かんないじゃん。そんなさー、最初っから、なにもかも、ぴたーっとうまくいくわけないよう。

そうだね、りえぽん。その通りだよ。でもね、わたしはエノマタさんと付き合えた時点で、「あがり」って感じがしてならないんだよ、と胸のうちでいいながら、目覚まし時計を手に取り、時刻を合わせた。まだ、あと、一時間は寝ていられる。りえぽんは、満ち足りた笑みを浮かべ、静かな寝息を立てていた。

はしばしの

1

なんだこの青空は。たがが外れたようではないか。

歩きながら自転してみたら、ぐるりの空もべた塗りしたように青くって、目が回りそうになった。面白かったので逆回転してみたら、揺れた脳みそが定位置におさまる感じがした。それでも少し足もとがふらついた。からだのどこかの液体がまだ波を立てているようだった。

こどもの時分、弟とふたりして奥の和室でてんでに百回くらい自転し、腰の抜けたのんだくれみたいにふらつくのが愉快でならない時期があった。親は畳が擦り切れるといい顔をしなかったが、わたしと弟は、観《み》たいテレビ番組が始まるまでのちょっとの間や、どこにも出かけない日曜の昼下がりなんかに「ぐるぐるしよう、ぐるぐる」と持ちかけ合って、そのあそびを繰り返した。

また、わたしと弟は夜寝る前、足の爪《つめ》にたまった垢《あか》を爪楊枝《つまようじ》でほじくり出して、どのくらいたまっていたか競い合うというあそびも熱心におこなった。

ふたりでひとつの部屋しかあたえてもらっていなかったころで、二段ベッドの上にわたし、下に弟が眠っていた。弟はまだ就学前で、こども部屋に机はなかった。わたしの単純化された記憶では、二段ベッドのほかにはオルガンとおもちゃ箱があるきりだ。

オルガンの鍵盤《けんばん》には、わたしが油性マジックでドレミファソラシドと書いたあとが灯油やマーガリンで拭《ふ》いても取れずに残っていた。おもちゃ箱に片付けなかったソフビのキャラクター人形や魔法の杖《つえ》やカラーボールや鉄砲が、ヘンゼルだったかグレーテルだったかが落としていったパン屑《くず》みたいに散らばっていた。

居間と同様板敷きだったのは覚えているが、広さまでは覚えていない。顔を洗って歯をみがき、パジャマに着替えて上衣《うわぎ》をズボンのなかに入れ、おでこがくっつくほどの近さで向き合い床に腰を落ちつけて、爪楊枝で足の爪にたまった垢をせせっては広げたティッシュになすりつけていたのだった。たまに深追いしすぎて血が出ることもあったから、なかなか危険なあそびだった。わたしと弟はこのあそびを「ちくちくばやし」と呼んでいた。

ふと思い出した弟とのエピソードが「ちくちくばやし」だったことに、わたしは苦笑を禁じ得ないというふうな苦笑を口もとに浮かべ、くっだらないなあ、とひとりごちた。

あーくだらない、くだらない。お腹《なか》のなかで追い払うように唱えてから、目の先に置いておかれたように広がる青一色の空を見た。弟が小学校に上がるまではわたしたちは借家に住んでいたんだよな、と思ったら、頭のなかを当時頻繁にあそんでいた幼なじみの顔がいくつも通りすぎていった。

りえぽんのこどもも、いまはただ横になって手足をばたつかせるか眠っているかしかしていないだろうけど、あと数年も経《た》てば、立って歩いてあそんだり、親に憎まれ口をたたいたり、大人になっても思い出すいくつかの記憶を持ったりするのだろう。

歩きながらまた自転して、コイルのような軌道をえがき、足もとのおぼつかなさとふらつきと頭のなかが揺れる感じを味わった。

あの日のエノマタさんの横顔が目交《まなか》いに迫ってくる。

浮遊感と、立ちくらみによく似た症状がいっぺんに襲ってくるこの感じは、エノマタさんと別れたあと、しばらくのあいだ、わたしをからっぽにした。

あの日のエノマタさんの横顔が前触れもなく思い出され、そのたび、一瞬、くらっとした。ワタを抜かれた烏賊《いか》みたいな心地になり、からだに力が入らなくなった。声を発すると、他人のもののようにひびいた。

そんな状態もいまや脱した。

なにしろ足もとがふらついたそのときに、あの日のエノマタさんの横顔よりも、弟との「ぐるぐる」を先に思い出したくらいだからな。「ちくちくばやし」のエピソードを経て、借家時代に思いを馳せたくらいだから。

2

もう半年も前になる。

エノマタさんとの別れは水が低きに流れるがごとくやってきた。一見、急転直下だったが、決してそうではなかった。呼吸の合った別れだった。

あの日、わたしはいつものようにエノマタさんの部屋にいた。その日はいつものようにおよそ十日にいっぺんのエノマタさんの遅番の日だった。わたしもやはりいつものように当日は早番、翌日は遅番にシフト調整していた。

ころは十月下旬で、勤め帰りにスーパーに寄り、買い物をすませて外に出たら、あたりは暗くなっていた。とはいえ、そんなに寒くはなく、歩いていると、毛混カットソーのタートルでは汗ばむほどだった。

低い石塀に囲まれた舗道の脇《わき》のどなたかの庭先から、こんもりとした茂みが影になってこぼれていた。タイトスカートのよく似合うグラマラスな女とすれちがったときに鼻先をかすめるような甘い香りを放っている。

近づくと、やわらかに混み合った葉と葉のあいだから、萼《がく》をふくめ長さ二、三十センチもある大きな白い花がいくつも垂れ下がっていた。ラッパを伏せたようなかたちをしていて、ひらいているのもあったし、閉じているのもあった。

間近に立ってみれば、甘い香りは香るというより臭《にお》うといいたくなるほど濃く、あられもなかった。頭をかしげ、ひらいた花の奥を覗《のぞ》くと雄蕊《おしべ》と雌蕊が見えた。存外こぢんまりとしている。ひ弱な印象を受けた。たとえ受粉できたとしても、そこからセンシュアルともいえる濃厚な香りを放つ大きな花が育つとは考えられなかった。

わたしは顎《あご》の下で折り返した襟を少し引っ張ってから、指を離した。

エノマタさんが脱がせやすいように前開きの上衣をえらんでいた時期もあったっけ、と思った。無印やユニクロでそのようなブラウスやシャツを何枚か買った。ふんわりとしたラインのスカートも購入したのは、エノマタさんの手が入りやすくするためだった。

なのにエノマタさんときたら、吉田さんはなんだかいつも同じような恰好《かっこう》だね、そういう恰好が好きなんだねえ、と、ほかほかと笑んだ。わたしがふくれっつらをしてみせたら、いえいえお似合いですよと抱き寄せて、ひげのはえかけた頬をわたしの頬に擦《こす》りつけた。結局、分かっていなかったようだ。

わたしが、かぶり式のトップスにデニムというもとのスタイルに戻ったのは、エノマタさんとの本格的な付き合いが落ち着いたころだった。わたしのなかに燻《くすぶ》っていたエノマタさんへの不満もなしくずしに落ち着き始め、まあ、こんなものだろうという心境に至りかけていた。

どこまでいってもエノマタさんはエノマタさんだと思うようになっていた。

エノマタさんは、わたしと会うのはおよそ十日に一度の遅番の日、および仲のいい男友だちとの予定がない週末と決めていた。ほとんど家のなかで過ごすことも決めていて、電車に乗って出かけるのは記念日のみと決めていた。そのさいかかる費用の割り振りも決めており、わたしが夕食をつくったり、掃除をしたり、洗濯をしたりし出したら、それらも毎回することに決まった。

エノマタさんが男友だちと連れ立って八丈島で六泊七日キャンプを張って、花や鳥や光るキノコやキョンを見物し、上機嫌で夏休みを終えて帰ってきたときも、エノマタさんは決まりを遵守《じゅんしゅ》し、遅番の日がくるまでわたしを部屋に呼ばなかった。件名「ただいま」、本文「無事帰宅。楽しかった。お土産、期待してください」のメールは届いたが、お土産の受け渡しのためだけに時間を割くことは思いつかないようだった。日に灼《や》けた顔をわたしに見せるとか、湯気が立つほど新しい旅のこぼれ話を真っ先にわたしに聞かせることも思い及ばぬようだった。

わたしがエノマタさんの部屋に行ったのは、それから四、五日あとだった。旅でよごれた衣類がそのまま残されていて、洗濯機からあふれ、その一部が通勤で使った靴下やパンツやTシャツとともに床で小山を作っていた。

わたしのために買ってきたという青むろあじのくさやを焼かせて、わたしが用意したエノマタさんの一番の好物であるカレーライスを脇にのけてたべ、満足げに舌鼓《したつづみ》を打った。

昼食とかち合わないようカレーライスをつくることは二日前にメールしていた。そのときの返信は件名「了解」、本文「楽しみにしています」だった。くさやをたべる気でいたのなら、そういってもらいたかった。いわなかったのだから「味噌汁《みそしる》も欲しいところですねえ」といってもらいたくなかった。もとをたどれば、わたしが初めてカレーライスをつくったときに添えた味噌汁を指差して、「カレーのときは、味噌汁をつくらなくてもいいよ」といわないでもらいたかった。

あー気がつかなかった、ごめんねーと「てへっ」みたいな感じで謝ったのは久しぶりに会えたうれしさや愉《たの》しさやエノマタさんの上機嫌に水を差したくないからだった。実際、本場のくさやはわたしのつくる見慣れたカレーライスよりも美味《おい》しかったし、わたしのちいさな不満や「いいたいこと」は、その一端でも口にしたが最後、それまでなごやかだった雰囲気をたちまちよどませる力がある。

いきなりそんなことをいわれても、とエノマタさんは責め立てられたような気分になるらしく、への字にした口もとの下唇をちょっと突き出し、不愉快さをあらわにする。エノマタさんにとってわたしの口にする不満はいつも「いきなり」なのである。

振り返ってみれば、エノマタさんとの付き合いが「落ち着いた」と感じたのは、エノマタさんが八丈島から帰ってきたあたりだった。

わたしの不満が落ち着き始めたのも、諦念《ていねん》っぽい心境に至りかけたのもこのころだろう。

以降、落ち着き始め、至りかけるという状態がつづいていた。

付き合いそのものは安定していったが、わたしの不満や心境はいつまでたっても

「始め」「かける」ままであろうと予感していた。エノマタさんがどこまでいってもエノマタさんであるように、わたしもきっと、どこまでいってもわたしなのだ。

はしばしのことを気に病んだり、エノマタさんからしてみれば取るに足りない些細《ささい》なことに拘泥《こうでい》したりしながら、喉《のど》に刺さった魚の骨を、ごはんを丸のみして取るように、ごっくんと音を立ててのみ込んでいくのだろうと思っていた。

ベッドに入るまで待てずにいちゃついていたころをすぎ、行為の前は双方入浴しパジャマに着替えるようになった。やがて行為は会うたびおこなうものではなくなり、入浴はその日の汗を流し、疲れを取るためのものになっていった。

この件に関して、わたしのほうに不服はなかった。知り始めたころは、これなしでは生きていかれなくなるのではないかとおののくほど夢中になったが、自然と、あってもなくてもいいと思うようになった。むしろめんどう、と思うまで時間はさしてかからなかった。

けれども、夢中だった「あのころ」が、ときどきひどく懐《なつ》かしくなった。初めての朝、マクドナルドまでたべものを買いに行ったエノマタさんを待っているあいだ、知ったばかりの睦事《むつごと》を繰り返し反芻《はんすう》し、じーんとしていた。いまでも思い出すたび、足の付け根に存するひとところがぽってりとふくらむようにじーんとする。だが、それは初めて重なり合ったときのエノマタさんに欲情するのであって、いま現在のエノマタさんにそそられるわけではないようだった。

このこともまた、付き合いを安定させるのにひと役買っていた。なぜなら、わたしは、わたしたちの眠るベッドが、エノマタさんが前の彼女と使っていたものだということも、エノマタさんが前の彼女の残していった数々の小物をいまだに使っていることも、そんなに気にならなくなっていたからだった。

わたしとエノマタさんはかなりうまくいっていた。わたしのなかの「始め」「かける」などちっぽけなことで、このまま堅調に安定感を増していくと思っていた。

白くて大きな花の香りを立ち止まってかいでから、合鍵《あいかぎ》を使ってエノマタさんの部屋に入り、ごはんを炊《た》いて、里芋の煮っころがしと、胡瓜《きゅうり》ともやしと茹《ゆ》でた鶏肉《とりにく》の酢の物と、出し巻き卵と、茄子《なす》の味噌汁を作り、あとはエノマタさんからのもうすぐ帰るというメールがきたら、さんまを焼いて、大根をおろすばかりとなったときも、わたしはそう思っていたはずだ。

ただいまとエノマタさんが帰ってきて、ふたりで夕食をたべ始めたときも、いつもと変わりなかった。わたしは白くて大きな花の話をした。

「ああ」

エノマタさんは知ってる、というふうにうなずいた。

「エンゼルトランペットでしょ」

花の名前も知っていた。

「毒があるんだよね、あれ」

「そうなんだ?」

「葉っぱとか、さわらなかったよね?」

「ちょっとさわっちゃったかも」

「さわっちゃったんだ」

「ちょっとだけね」

「そのくらいなら大丈夫だろうけど、よく知らない植物には手を触れないほうがいいよ」

「柔らかかったけどね」

「柔らかいとか硬いとか関係ないんじゃない?」

「たしかに」

「まさか口に入れてみたりしなかっただろうね?」

「葉っぱをたべるわけないよね」

「ないけどね」

「ないよ」

至ってふつうの会話だった。箸《はし》を持ったまま身振りもまじえていた。笑いもあった。でも、わたしは、なんだかしっくりこなかった。

りえぽんの話もした。

少しのあいだだがわたしといっしょに暮らしていたりえぽんは、前の彼とよりを戻し、先だって彼氏の地元で結婚披露宴をおこなった。わたしは前田とともに出席した。足代はりえぽんが出してくれた。宿もりえぽんが用意してくれた。

新郎の父は町会議員であり、地元の有力者で、披露宴会場に集まったひとびとのほとんどがかれの知人だった。あるいはやはり地元の名士である新郎の祖父の知り合いのようだった。いずれにしても、いかにも「お歴々」という感じの面々で、新郎新婦の友人はほんのわずかだった。

わたしと前田は友人代表のスピーチを仰せつかり、事前に打ち合わせなどもして、要所要所で笑いを取りにいこうと目論《もくろ》んでいたのだが、会場の雰囲気を察知して、型通りの内容に変えた。

一本のマイクを挟んで立ち、「政則《まさのり》さん」と前田が視線を高砂席にあてながら、マイクに向かって新郎に呼びかけ、わたしも同様のしぐさで「理絵子さん」と新婦に呼びかけたあと、「せーの」とひと息入れてから、「ご結婚おめでとうございます」と声を合わせ、りえぽんのひととなりを、おっとり鷹揚《おうよう》素直で純真と讃えた。

花嫁すがたのりえぽんは、和装も洋装もたいそう美しかった。頰がピンク色に上気していて、全身からしあわせというものを迸《ほとばし》らせていた。りえぽんのお腹にはすでに赤ん坊がいた。入籍したのは春だったから、順番があべこべだったわけではないけれど、新郎の両親からは、嫌みをいわれたらしい。そんな話を、夜、宿にあそびにきたりえぽんから聞いた。

りえぽんは例によってさして気にしていないようすだったが、わたしと前田は憤慨した。もう少し我慢できなかったのかという小言は、りえぽんではなくお宅の息子にいうべきだろうということで、意見が一致した。りえぽんは妊婦だというのに、ベッドにひっくり返り、足をばたばたさせて笑った。

「りえぽん？」

「うん、りえぽん」

「ああ、りえぽんね」

エノマタさんは、りえぽんをすぐに思い出した。一度会って食事をしたことがある。

「前田？」
しかし、前田のことはなかなか思い出さなかった。わたしの記憶では、前田の話は
エノマタさんに何度もしたはずだった。
「ハムスター？」
「それは枇杷介《びわすけ》」
「ああ、枇杷介」
「ハムスターと結婚式に出席するわけないよね」
「ないねえ」
「前田は短大のときからの友だちだよ」
「そうだ、そうだ、そうだった」
よく鼻を鳴らすひとね、とエノマタさんは付け足した。さも前田をよく知っている
というふうな、軽い調子だった。たしかに前田は鼻をよく鳴らす。のだが、わたしは
とても静かに苛立《いらだ》った。知ったふうな口をきくな、という心持ちになった。前田のこ
となどなんにも知らない癖に、という思いは、なぜか、わたしのことなどなんにも知
らない癖にという思いにくっつき、取って代わった。知ろうともしない癖に。型通り
のスピーチみたいな言葉しかいわない癖に。自分の心地よさばっかりこっちに押し付

けてくる癖に。

わたしのなかの「始め」「かける」がご破算になっていった。崩れ落ちるのではなく、砕けるのでもなく、溶けていくようだった。わたしのなかの「始め」「かける」は、お日さまに照らされた雪だるまみたいに溶けていき、たどんで模した目と口だけが地べたに残ったようすが見えた気がした。

夕食をたべ終え、洗い物もすませ、エノマタさんがいれたほうじ茶をのみながら、わたしはいった。

「来年の四月で二年なんだよね」

「二年?」

「こっちにきてから」

「ああ、上京ね」

ぼくもそうだ、とエノマタさんは目をすがめた。

「二年で帰るって親と約束してたりするんだよね」

「札幌に?」

「札幌に」

そういう条件でこっちに出てきたの。わたしも目をすがめた。

「へえ」

「アパートの更新とも重なるし」

「更新って二年なの？」

「二年なの」

「あ、そうなの」

「どうしようかなあって思って」

エノマタさんは口をつぐんだ。

「なんかねえ、気がすんじゃったっていうか」

エノマタさんはやはり黙ったままだった。

「もういっかなあ、っていうか」

エノマタさんは後ろ頭に手をやって、その手を襟足まですべらせた。

「どうしようかなあって思って」

わたしはエノマタさんの目を見た。エノマタさんはゆっくりと目を伏せた。頬に手をあてがった横顔をわたしに見せて、

「どうしようかなあっていわれてもねえ」

と、つぶやいた。

端正な横顔だった。細くて長い指といい、わたしの大好きだったエノマタさんがそこにいた。その横顔にたいするわたしの気持ちの内訳は、依然として、会いたい、と、知りたい、で、ほぼ十割だった。欲しい、が加わり、十割を超える。だが、幾度も会って、知ってしまったエノマタさんを、わたしはどうしても欲しいと思えなくなっていた。

「分かった」

と、わたしは答えた。

「なんか、ごめんね」

エノマタさんはうつむいて、かすかに首をかしげた。

「わたしのこと、好きだった？」

「そりゃそうでしょう」

嫌いなひとと会ったり飯をくったりしませんよ、とエノマタさんはおじいさんのように背なかを丸め、ほうじ茶をのんだ。

別れが決定した夜も、いつものようにわたしはエノマタさんの部屋に泊まった。ふたりしてロココ調のベッドに横たわり、思い出話を山ほどした。わたしは、けたたましく笑ったり、泣いたり、忙しかった。笑いは口から、涙は目から、どちらも飛び出るように出てきた。お弔《とむら》いをしているようだった。母方の祖母のお通夜《つや》のとき、母や母の兄妹も思い出話を山ほどして、爆笑したり号泣したり忙しそうにしていた。

翌日は、エノマタさんに鍵を返してから、一礼し合って、いっしょに部屋を出た。エノマタさんは鼻歌を歌っていた。ふたりでドアを閉めて、とかそういう歌だった。わたしが無言だったのはなにかいったらまた涙が飛び出ると思ったからだった。エノ出勤するエノマタさんとアパートに帰るわたしは、分かれ道までいっしょに歩いた。ほんとうに、いよいよ、これで最後というところで、エノマタさんは「じゃあ、元気で」とわたしの肩を割合強く二度たたいた。わたしはやはり無言でうなずいた。前の晩から、別れを反故《ほご》にしたいと、まだ間に合うよねという気持ちがわたしのなかのどこかにあって、口をひらけば、そんな言葉が出てきそうだったからだ。エノマタさんは鼻歌を歌いながら、歩いて行った。あなたは右に、わたしは左に、とかそういう歌だった。

わたしはエノマタさんの後ろすがたをしばらく見ていた。

さよなら、大好きなひと、と鼻歌が出てきた。けっこうな懐メロがふいに口をついて出たのがなんだか間抜けで可笑《おか》しくて、まぶたの裏によぎった東京で初めてエノマタさんを見たときの雑踏にまぎれていく後ろすがたも、眼前でちいさくなっていくエノマタさんの後ろすがたも、涙でぼやけた。アパートに帰ってまずやったのが、枯れたポインセチアの鉢を処分することだった。

3

十一月の半ばにはバイトを辞めていた。

その後は朝から晩まで、東京タワーやスカイツリー、浅草寺、上野動物園、皇居、国会議事堂、六本木ヒルズ、新宿アルタ、都庁、渋谷１０９など、東京の有名観光スポットをのきなみ見て回った。銀ブラもした。伊東屋でカルタを買った。

並行して引っ越しの手配や準備、それにかかわるもろもろの手続きをすすめた。不動産屋さんにはエノマタさんと別れたその日に、ひと月後に解約したいと連絡していた。

エノマタさんと別れたら、東京にいる意味がなくなった。親と約束した四月までとどまる気はなかった。

というか、はなから親との約束を守る気はなかったのだ。エノマタさんを試すというか、賭《か》けのような気持ちもあったかもしれないが、けりをつけるための方便として口にしただけだった。ずいぶん前から、心のすみで用意していた、とっておきの「方便」だった。ひそかにあれこれ想像していた。

その言葉をわたしが口にしたさいのエノマタさんの反応とわたしたちの行く末は、そのときどきのわたしの心持ちでふたつに分かれた。そんなことはさせないと結婚するときと、それじゃあ仕方ないねと別れるときのふたつだった。うっすらとだが後者のほうがありそうだと思っていた。とはいえ、結婚も別れもわたしにとっては未知の出来事だったから、現実味はなかった。すごくうれしいかすごく悲しいか、幸運か不運かというように、両極端に分けられるものと捉えていた。

でも、エノマタさんと付き合って、別れてみたら、そんなにはっきりと分けられるものではないと気づいた。

結婚はまだ未知の出来事だが、別れがただただ悲しいだけではないように、ただただうれしいだけのものでもないのだろう。別れてしまえば、もうエノマタさんのことで思い煩《わずら》わなくてすむし、結婚したら一生じくじくと思い煩うことになる。

札幌の実家に戻ったときには、わたしはだいぶ回復していた。からだを動かしていたのがよかったのだと思う。それでもふとした拍子にあの日のエノマタさんの横顔が浮かび、くらっとしたり、口からたましいが出そうになっていたのだが、一年八ヶ月ぶりに戻った実家の変化に直面し、そうそうのんきにしていられなくなった。

弟が結婚するのだそうである。学生時代からの彼女とのできちゃった結婚で、これはかねてよりのわたしの読みの通りだったからそんなに意外ではなかったけれど、弟の結婚を機に親が二世帯住宅を建てるところまでは読めなかった。春には基礎工事が始まるらしい。実家に戻ったその日の晩に知らされた。

「いおういおうと思ってたんだけど、まさかおねえちゃんがこんなに急に帰ってくるとは思わなくて」

正月、わたしが帰省した折にサプライズ発表するつもりだったようだ。

「あやー、わたしの戻ってくるほうがサプライズになっちゃったねえ」

軽口をきいていたのは、新しい家にわたしの部屋がないと聞かされるまでだった。

「ないこともないじゃないの」

母は一階部分の平面図を食卓に広げ、ほら、ここと四畳半を指差した。

一階は親世帯のスペースで、台所も浴室もトイレもあった。居間のほかに六畳の寝室と、四畳半の和室があった。和室は客間と母の踊りの稽古場《けいこば》を兼ねていた。わたしが東京に行っているあいだに、母は歌謡曲に合わせて踊るという趣味を始めていたのだった。

「踊りの稽古場をぶんどるわけにはいかないよ」

「いやいや、万一、おまえが帰ってきたら、ここか、ここをおまえの部屋にするつもりだったんだ」

父の口にした「万一」という言葉が気に障《さわ》ったものの、一階親世帯の四畳半和室ではないほうの候補を、ありがたいねえ、といいながら見てみた。

「屋根裏部屋だね？」

父に確認したら、

「あら、ロフトっていうんだって」

と母が答えた。

「おねえちゃん、『赤毛のアン』好きだったじゃないの」

そう付け加え、

「切り妻屋根の屋根裏だけど？」

と、わたしの気を引き立てようとした。

『赤毛のアン』はたしかに好きだったし、切り妻屋根の屋根裏部屋にも憧憬《しょうけい》を抱いた一時期がある。だが、たとえ、『赤毛のアン』ふうの「切り妻屋根の屋根裏部屋」でも、半分が二階こども世帯の吹き抜けになっているのはいやだ。弟一家の生活が見ようと思えば丸見えではないか。たとえ吹き抜けじゃなくても、自室を出たり入ったりするたび、弟一家がくつろいだり、赤ん坊をべろべろばあとあやしていたりする居間をごめんなさいよと横断することになる。それは、すごく、へんだろう。

「やっぱりねえ」

おねえちゃんは気に入らないっていうと思った。母はまるで娘のわがままにほとほと手を焼くという風情《ふぜい》でそういった。

なるほど、わたしは親にわがままとそしりを受けても文句をいえない身の上だ。しかし、大方の親は独身の娘がいたら、娘のために部屋くらい用意するものではないか？　もしも娘が遠方で暮らしていて、きっと帰ってこないだろうと思っていても。それが親の情というものではないか？　いや、わたしだって、たとえわたしの部屋が用意されてあったとしても、小姑《こじゅうと》として弟一家と同居するのは気詰まりだから、アパートとか見つけるつもりだったけど。

「そうはいうけど」

ねえ？　と母は父を見た。なあ？　と父も浅くうなずき、一階親世帯の四畳半和室を指差し、

「ここ、けっこういいぞ」

向きが東南だし、トイレも近いし、といい、

「あたしのお稽古は昼間リビングですればいいから」

と母も口を添えた。

「今度、家を出るときは、お金、貸してあげられないんだけど……」

小声で付け足し、申し訳なさそうにこちらを見た。

そのとき、弟が勤めから帰ってきて、

「よっ、おかえり、出戻り」

早速揉《も》めてんのか、とソファにふんぞり返った。

「あんたができちゃった結婚なんかするから」

といったら、

「まだしていない」

と揚げ足を取り、

「それに最近は授かり婚っていうんだ」

新しい命を授かっちゃったんだな、おれら、と両手で頭を挟んでから、板前みたいな短髪を後方に向けて撫《な》で付けた。

「なんか、いうことあんだろ」

と要求するので、

「このたびはまことにおめでとうございます」

と棒読みでことほいだ。

「あと、お礼」

さらに要求するので、

「枇杷介のお世話、ありがとうございました」

と、これはふかぶかと頭をさげた。

4

真っ青ったってこれほど青い青は生まれて初めて見たような気がする。いくら見ても飽きない青空をあおぎながら、わたしはバス停に立っている。

完成間近の二世帯住宅を見学してきた帰りだった。

親と弟一家の新居は石狩市に建てられた。石狩はひらたいまちで、空の面積が大きい。来月七月、親と弟一家は石狩市民になる。なんとなく、よろしく、という気分になる。わたしもたまには寄せてもらいますんで、と防風林をながめた。

弟にこどもが生まれたのは五月五日で、しかも男の子だった。弟、両親の義妹にたいする「でかした」感はなみなみならぬものがあった。あやうく金太郎と命名するところだったが、金を取って太郎に落ち着いた。弟はもと軽度のヤンキーだったから、どんなにややこしい名前をつけるかと距離を置きながらも案じていたが、太郎と聞いて安堵《あんど》した。

太郎はたいへん可愛《かわい》い。ひとさまが見ればどうということのない赤ん坊だろうが、わたしの目にはこの上もなく愛らしい、柔らかな無垢《むく》のかたまりに見える。むっちりした手足をさかんに動かし、あぶうといったり、おぎゃあおぎゃあと泣いたりする。りえぽんのこどもも写真を見て可愛いと思ったが、太郎を可愛く思うのとは別物だった。

弟一家は二世帯住宅に引っ越すまで、アパート暮らしをしている。つかのまでも夫婦水入らずの時間を持ちたいと思ったようだ。わたしはそのアパートに一度行った。新婚さんのそろえたファンシーな家具を見て、エノマタさんの部屋を思い出した。

アパートを借りる資金を貯《た》めなければならないので、バイトはしている。恥をしのんで、上京するまで働いていたデパートで顔見知りだった人事課のひとに頼み込んだ。

以前と同じ酒コーナーに配属され、日本酒を担当している。

東京へ出て行ったときに親から借りた百万円はそんなに減っていなかった。返さなくてもいい空気が親から発散されているので、アパートを借りるくらいの蓄えはあった。だが、お金はないよりあったほうがいい。わたしは、ゆくゆくは、腰を落ち着けてはたらきたい。あるいは、もしもまた遠方に好きなひとができたら、いつでも会いに行けるよう準備しておきたい。そのためにも、手に職をつけたほうがいい。なにかひとつ取柄があれば、どこでだって暮らせるだろう。バイトしながら、なにかの養成講座に通おうと思っているのだが、どの資格にするか絞りきれていない。だったらバイトで担当している日本酒について勉強したほうがいいかもしれない。きき酒師、そして酒匠になれたら、りっぱに手に職をつけたことになるのではないか。

アパートを借り、引っ越しするのは、親や弟一家と同じく七月と決めていた。そのアパートも決めた。東京での部屋とほぼ同じ広さと間取りだが、家賃は四万円だった。五階建ての二階角部屋で、隣には前田が住んでいる。前田が紹介してくれた物件だった。

くわしくは聞いていないが、前田は不倫関係を清算したようだった。去年の秋、りえぽんの結婚披露宴に出席したころにはすっきりとした顔をしていた。親もとを出て、独り暮らしを始めたのは、生活を一新したかったからだそうだが、別れたはずの妻子持ちが夜中にドアをたたくことがあるそうだ。まさに、ほとほと、ほとほと、という感じでたたくのだそうだ。

「勘弁してほしいんだよね」

あたしだって木の股《また》から生まれたわけじゃないんだからさあ、と前田は揺れる女心を垣間見《かいまみ》せ、わたしは「……だね」と低い声で応じ、ふたりともすでに処女ではないことを実感した。

白地に赤い線の入った中央バスに乗り込んだ。運転手の後ろの席が空いていたので、そこに座る。そう速くもないスピードで流れていく見慣れぬ景色をながめながら、枇杷介を思った。枇杷介は太郎が生まれた翌日、ころりと死んだ。享年《きょうねん》五。ハムスターとしては大往生の部類だろう。家族みんながちゃんと新しい生活に入っていくのが分かったから、役目がすんだと思ったんだね、というのが親と弟の解釈だったが、わたしはそうは思わない。枇杷介は、ただ、生まれ、そして、ただ、死んでいっただけだ。かくありたいとわたしも思う。

太郎は可愛いと思うが、「ささやかなしあわせ」という言い回しがどうにも気に入らない質《たち》は変わっていない。そこに落ち着くのが「いちばんいい」ことくらい分かっている。だが、たどり着くまでに、もうひとあばれしたっていいではないか。勝ち目のない勝負だからといって負けたときのことしか考えないのは弱虫だ。弱虫は毛虫といっしょに挟んで捨てるものである。枇杷介の亡骸《なきがら》は大ぶりの植木鉢を棺とし、庭の土を入れて墓とした。むろん、来月引っ越すアパートにも連れて行く。

麝_{じゃ}

香_{こう}

チューブから絞った練り梅と長芋を短冊《たんざく》に切ったのとを和え、これをつまみに一杯やろうとしていたら、みっちゃんがやってきた。

「たっちゃん、どうするよ、明日」

そういって素足にひっかけた下駄《げた》サンダルを脱ぎ、

「おれなんか、いまからもうちょっぴり緊張しちゃってさ」

と玄関からまっすぐ冷蔵庫に向かい、扉を開けた。

「いや……っていうか……だいじょぶかおれら……あれなんだけどさあ……か、みたいなね。心得っていう……いうのないじゃ……れも。ていうか……」

レジ袋をガサガサとまさぐり、取り出したビールを一缶ずつガチャガチャと冷蔵庫におさめた。

「結局、楽しみなんだけどさ。けっこうワクテカって感じで。あ、たっちゃん、知ってる？　ワクテカ。ダブリューケー……」

冷蔵庫からビールを手に取り扉を閉め、それを狭い隙間《すきま》で太ったからだを半回転させ調理台にいったん置いて、からになったレジ袋を力自慢のプロレスラーみたいにガサガサとねじ上げた。

みっちゃんの立てる生活音は、いちいち大きい。がさつなのだ。しかし、みっちゃんには数歩持ち歩いただけのビールでもぬるまったと見なし、冷蔵庫から出したてのよく冷えたビールをのもうとする一種の几帳面《きちょうめん》さがあった。いとこのみっちゃんは隣室に住んでいる。ビールを持参し、しょっちゅうあそびにくる。金曜の夜はかならずくる。十時前後にくる。今夜もくるんだろうなと思っていたら、ちゃんときた。

「胸がワクワク、お肌がテカテカって意味で」

ビール片手に大々とした顔をほころばせ、わたしの横に腰を下ろした。相撲取りがよくするように両足で4の字をこしらえている。

「みっちゃん、なんの話だ？」

訊《き》くと、

「やだなあ、たっちゃん」

ワクテカですよ、ワ・ク・テ・カ、と区切りながら復唱しておいて、

「まあ、どうでもいいんだけどね、そんなことは」

その話題を切り上げた。そんなことより、とちょっとかしげた頭をにゅうっとこちらのほうに近づけてきて、

「吟行ですよ、吟行」

と、にこついた。にこついたまま表情を静止させ、ね？　というふうにうなずく。

＊

明日は上野界隈で吟行の予定だ。

上野中央通り商店会が主催する「うえの谷中　秋の吟行」というコンテストがあって、それに応募するのだ。季題季語は「秋」。自由な発想で表現してよいそうだ。俳句などまったく嗜《たしな》まぬわれわれだが、まっつぁんが見つけてきて、おもしろそうということになった。

とくにもっちーが乗り気で、たまたま『サライ』だかなにかの俳句特集号を読んだばかりだそうで、やってみたかったんだよねー、と白髪まじりの顎鬚《あごひげ》をなでた。たっちゃんもみっちゃんも異存ないだろ？　というふうにわたしたちを見、見られたわた

したちもすでにその気だったから、一も二もなくうなずいて、よっしゃ、決まり、とまっつぁんが両てのひらを上下にずらしながらぱーんといい音を立てて打つ、いわゆる「まっつぁん締め」をもって決定したのだった。

まっつぁんやもっちーと親交するようになったのは、一昨年の初夏だった。

みっちゃんがインターネットで情報入手し参加した料理合コンなるもので、まずまっつぁんと知り合った。

初対面の男女が二人一組になって料理をし、親睦《しんぼく》を深めるイベントだったらしいが、男の数のほうが多かったらしく、くじびきではずれたみっちゃんは、同じくくじ運のなかったまっつぁんと組になり、ふたりで冷製ボンゴレのカッペリーニなどをつくっているうち、意気投合したそうだ。

少し経《た》ってから、これもなにかの縁だからとまっつぁんからみっちゃんに酒の誘いがあり、みっちゃんがわたしをともない、まっつぁんがもっちーを連れてきて、神楽《かぐら》坂《ざか》の居酒屋で四人初めて顔を合わせた。皆四十代の独り者である。

最初は苗字《みょうじ》にさん付けで呼び合っていたのだが、わたしとみっちゃんの姓が榎又《えのまた》だったので紛らわしく、また、おのおの連れ立ってきた者同士で内輪の話をするときや呼び合うさいに愛称を使っていたこともあり、もとより同性、同年代、同環境という共通点もあって、その日のうちにまっつぁんもっちーみっちゃんたっちゃんの仲になった。

初回ののみ会のキーワードはなんといっても「冷製ボンゴレのカッペリーニ」だった。その言葉が出るたびに、わたしたちは腹を抱えて笑った。なにが悲しくて男ふたりで冷製ボンゴレのカッペリーニとか、稗田阿《ひえだのあ》冷製ボンゴレのカッペリーニとかいい合ってはのみにのみ、たべにたべた。

どういう流れだったのかは失念したが、のみ会終盤には来週あたり荒川河川敷までザリガニ釣りに行こうじゃないかと相談がまとまっていた。

いいだしっぺがまっつぁんだったのは記憶している。まっつぁんは初手からわれわれのリーダー格だった。わずかのちがいだが最年長だし、唯一《ゆいいつ》の結婚経験者で、前妻のもとには高校生の娘もいる。つまり、だいたい一通りの経験を積んでいる。われわれのなかでもっとも人並みというやつに近い人物である。

まっつぁんが離婚したのは娘が幼稚園児のころだったそうだ。その後前妻が再婚し、いまでは娘の誕生日とクリスマスにメールをやりとりするくらいの付き合いらしい。娘は畏《おそ》れ多くも佳子内親王と同い歳《どし》で、テレビで佳子内親王のおすがたを拝すると、ああ、うちの娘もこのくらいなのかなあ、と思うそうである。それを聞いたわれわれは、ああ、そういうものかもしれないなあ、と思う。

翌週、めいめい弁当とシートとバケツ、ひもやスルメ、フリスビーやバドミントン道具一式などを用意して、もっちーの青いトゥアレグに乗り込み、洗濯物が、あら、乾くとかなんとかいいながら短いドライブを愉《たの》しんだのち、荒川河川敷で一日あそんだ。

それから月に二度くらいのペースで寄り合ってはあちこちに出かけている。

もうすぐ開花しそうなショクダイオオコンニャクも見たし、アズマヒキガエルの交合もたっぷり拝んだし、その結果としての産卵も確認した。

古いビルを訪ね、古いエレベーターの写真を撮ったり、堀之内妙法寺に落語を聴きに行ったり、船橋の若松劇場にストリップを観《み》に行ったり、浅草強化月間と銘打ち、二回連続で老舗《しにせ》の飲食店を巡ったこともあったし、『dancyu』片手にラーメンやカレーをたべ歩いたこともあった。

箱根の温泉につかったり、奥多摩でキャンプをしたり、高尾山に登ったり、千葉マリンマラソン10㎞男子の部に参加し、みっちゃんが無念のリタイアをしたりした。

去年の夏休みは六泊七日の八丈島キャンプ、今年の夏休みは、五島列島は富江でキャンプしたあと長崎市内観光というコースだった。

一昨年の春に上京したわたしとしては、かれらと出歩くのはよい東京見物になった。千葉埼玉神奈川などの近県にも足を伸ばすことができた。南のほうに旅行するのも初めてだったし、わたしのほかの三人は生まれも育ちも東京だから、いろいろ教えてもらえて助かった。まれに疎外感《そがいかん》を味わうことはあったが、だいたいはわたしの驚きを、皆おもしろがってくれた。同じ日本でも札幌と東京では生活様式がずいぶんちがうものだ。

われわれが出かける曜日は、連休以外、土曜と決まっていた。宿泊をともなう場合もあるし、もっちーが車を出さないときは、たいてい朝までのむ。泊まりがけでなくても、もっちー号で移動しなくても、日曜にゆっくりとからだを休めなければ、それぞれの仕事にさしつかえる。

*

「五七五だよな」

そこに季語が入る、と。みっちゃんはわたしが勤め先の図書コーナーから借りてきた歳時記をめくっていた。

「おれ、葉鶏頭《はげいとう》とかにしようかな」

どう思う？　どう思う？　たっちゃん、と笑いくずれながら、わたしの肘《ひじ》をついた。

「馬肥ゆるって反撃されるんじゃないか」

練り梅がほどよく絡《から》んだ長芋を口に運び、丁寧に咀嚼《そしゃく》し、のみこみ、わたしは答えた。

「なるほどねー」

みっちゃんはあっけなく納得し、うーん、そうきますか、きますでしょうねえ、と肘枕《ひじまくら》をして、床に置いた歳時記を読みつづける。戸棚から出したポテトチップスをハイペースでたべている。わたしの部屋の戸棚には、みっちゃんの買ったお菓子が貯蔵されていた。冷凍庫にはアイス棒各種をしまい込んでいる。

＊

全員独り者のわれわれには、現在、交際している女性がいない。

決してそれをよしとしているわけではなく、老後の不安の一環として——あるいは一環の振りをして——あくまでもそれとなく（できれば若くて可愛《かわい》くて料理上手で男同士の付き合いに理解のある）嫁さんが欲しいと話をすることがあった。その気になればすぐにでも見つけられるのだろうが、帯に短し襷《たすき》に長しという話になった。言うは易《やす》く行うは難しという結論になった。

まっつぁんには「一度失敗しているからどうしても慎重になってしまう」という理由があった。「勇気を出そうと思うのだが、あと一歩が踏み出せない」そうだ。

もっちーは「これでもむかしはけっこうもてたが、目移りしているうちに禿《は》げてしまい、以降さっぱり」の状態だそうだ。しかしかつらをかぶったり、スキンヘッドにして毛のある部分とない部分の境界を曖昧《あいまい》にする手段は「なんだかすごく気にしているみたいで」やりたくないという。

みっちゃんはみっちゃんで「でぶでさえなければ」と思っているらしく、定期的に一念発起しダイエットを開始するのだが、毎度食欲と口寂しさに負け、「おれが痩《や》せちゃって、隙《すき》がなくなっちゃったら、ぎゃくに女の子が近づきにくくなるかもしれないしね」とひどく楽観的な理屈をつけて、頓挫《とんざ》している。

もっちーとみっちゃんは、それぞれ自分のマイナス要素を容姿においている点で共通している。そしてそれぞれ、自分のマイナス要素のほうがいくぶんましと考えているようで、なにかというと「でぶよりは」「はげよりは」と言い争い、「でぶのくせに」「はげのくせに」と貶《けな》し合う。むろん親しさゆえの冗談げんかだ。往時の『笑点』

における歌丸と小圓遊《こえんゆう》のようなもので、ふたりの掛け合いは、われわれのあいだでなくてはならぬ余興になっている。みっちゃんが葉鶏頭を季語にして一句ひねりたがったのにはそのような理由があった。

なお、わたしが独り者でいるのは「稼ぎが少ない」からである。たとえ稼ぎがあったとして、どうしても結婚したいかといえば、どうもそうではないようだった。

もとよりわたしは「どうしても」という感じがたいへん苦手で窮屈なのだ。がつがつと飯をかっこみ、しまいにむせて、盛大に飯粒を吐き出す絵が浮かぶ。ちょっと、きたならしいと思う。

＊

小腹がすいたと騒ぐみっちゃんのためにおにぎりをつくった。ごはんを解凍し、ボウルにあけ、シャケフレークを混ぜ合わせ、三個握った。みっちゃんがふたつ、わたしがひとつ。わたしも少々小腹がすいていた。

バルコニーに出、ふたりで秋の夜風を受けながら、おにぎりをたべた。

十月最終週だが、まださほど寒くない。明治通りのイチョウにも紅葉の気配はまったくない。

イチョウ並木から都電の踏切に目を移した。おにぎりをひとくち、たべる。三ノ輪橋方面の最終がいったので、遮断桿《しゃだんかん》は上がったままだ。おにぎりをまたひとくち。マンション三階からのながめだから、たいしたものではない。交通量の多い道路端なので、空気もたぶんそんなによくない。だが、わたしは目の下のこの広い道路が明治通りだと思うたび、ああ、東京にいるのだと実感する。

「みっちゃん」

呼びかけたら、少し耄《ほう》けた声になった。

「おれ、なんかいますごいデジャビュ感じた」

「そりゃデジャビュくらい感じるだろうよ」

おれら、よくここでおにぎり食ってるし。こともなげにみっちゃんがそういった。両手に持ったおにぎりを交互にぱくついている。

「そうか?」

「そうだよ」

ちょっとのあいだ記憶をたぐってみたが、とくに思い出したことはなかった。なんだったんだろうな、と腹のなかでつぶやき、ところでというふうに、

「みっちゃん、そのたべ方、みっともないよ」

と両手のおにぎりを交互にぱくつく真似《まね》をしたら、

「大の男がキティちゃんのお皿で長芋食うのも、みっともいいとはいえないよ」

と即座に返された。

なるほど、わたしは前の住人である女性が残していった食器や家具を使っている。伯父の同僚の愛人だった、その女性の趣味はよいとはいえない。だが。

「どんな柄でも皿は皿だ」

皿の用を足しているんだから、それでいいんじゃないのか？　店屋じゃないんだしさ。おにぎりをたべ終え、こういったら、みっちゃんは大げさなため息をついてみせた。

「……たっちゃんのそういうとこがなあ」

聞こえよがしにひとりごちる。

「なんだよ、みっちゃん」

はっきりいえよ。肩をおっつけても、みっちゃんはかぶりを振るきりだった。

＊

「明日さ」

みっちゃんがスウェットパンツの尻《しり》ポケットに片手を入れて、つぶやいた。わたしたちは依然バルコニーにいる。デザートと称してアイス棒をたべていた。

「吟行のあとの待ち合わせ場所、ルノアール上野しのばず口店だったよね」

みっちゃんは、ちろりとこちらに視線を寄越したあと、アイス棒をくわえ、手を伸ばし、物干竿《ざお》に提げた角形ハンガーをぐるんと回した。わたしの浴用タオルや手ぬぐいやパンツ、靴下などもぐるんと回り、わたしはまたしても強烈なデジャビュにおそわれたが、口にはせず、

「そうみたいだな」

と、みっちゃんに視線を投げた。梨《なし》味のアイス棒をかりりと齧《かじ》る。

「……ルノアールなあ」

みっちゃんは九十年代のトレンディドラマの登場人物のようにバルコニーの手すりに両の前腕を乗せ、そこに顎を乗せた。アイスの棒を夜風に揺らす。

「いい子だったのにねえ」

若いし、そこそこ可愛いし、とわたしが去年の秋まで親しくしていた女の子を名残惜しげに誉めた。

「いい子だったね」

同意したが、一年も前の話だし、親しくしていた期間も短かったから、無感動な口調になった。いや、強いて無感動な口調を装った。ルノアール上野しのばず口店ばかりでなく、系列店舗を見かけるたびに、いまでも胸にほんのわずかではあるけれど痛みが走る。吉田さんはルノアールのウエイトレスだった。初めて会ったのもルノアール。区役所に転入届を出したあと、わたしがふらりと寄ったのだった。

「一生懸命だったよね」

みっちゃんの言葉に、

「うん、一生懸命だったね」

と鸚鵡《おうむ》返しで応じた。みっちゃんは少し間を置き、ときにたっちゃん、と話題を変えた。

「ストーカーってどう思う？」

「気味がわるいね」

即答したら、みっちゃんは、いや、そんな深刻なアレじゃなくて、ちょっとこう軽く身辺をうろつくとか、一目惚《ぼ》れした相手を追いかけて大掛かりな引っ越しをするとか、その程度なんだけど？　と訊く。

「じゅうぶん気味がわるいよ」

笑いながら返事をした。あーそう、そうなの、とみっちゃんはばつわるげに頭を掻《か》いた。

「んー、もうひとりの子も可愛かったよね」

と話を戻す。吉田さんの部屋に居候《いそうろう》していたなんとかという女の子のことだろう。

「そうだったか？」

わたしは首をかしげた。ふんわりと柔らかそうなイメージしか残っていなかった。

「相当可愛かったよ」

ていうかキレイ系？　みっちゃんは眉と目を近づけ、二枚目の表情をこしらえて、

「おれ、じつはあの子とちょっとわけがあってさ」

と低い声で打ち明けた。

「そうだったんだ」

いささか驚いたのは、おしゃべりなみっちゃんがいまのいままで黙っていた点だ。

「いい子だったよ」

おれがいけなかったんだ。おれがあの子の気持ちをちゃんと受け止めてあげられなかったから、といったあと、みっちゃんは唇を嚙《か》み締めた。

「……ああ」

わたしはひとつ嘆息し、

「おれもだいたいそのような感じだ」

と小声で同調した。吉田さんの気持ちを真正面から受け止める気力のようなものがわたしには足りなかった。吉田さんとわたしでは気力の絶対量からして、ちがっていたように思う。その上吉田さんはなにかとスピーディだった。ちょっとついていけない、とたじろぐことがしばしばあった。わたしは吉田さんの一意専心というか、わたしにたいする集中力をときどきはうれしく思い、ときどきはなぜわたしなのか、と怪しんだ。ごくたまにだが、ほんとうにわたしで間違いないのかと確認したいような不安が胸をよぎった。

*

部屋に戻った。

みっちゃんはもう船を漕《こ》いでいる。三度目のデジャビュがやってきそうな気がして、浅く笑った。わたしは思い出していた。あの日、あのとき、みっちゃんと話した内容のほとんどは忘れていたが、このことだけはくっきりと思い出した。

「月のにおいってどんなかねえ」

独白してから、瞬時放心した。

金瓜《きんうり》みたいなにおいだった女の子が、いつのまにか、最後の夜にかのじょが話したエンゼルトランペットによく似たにおいを立たせるようになっていた。麝香《じゃこう》のようなにおいである。かなわないな、と思ったものだ。なにに、どう、かなわないのかは分からないのだが。

解説

神田　茜《あかね》

文庫化にあたり解説文をとたのまれたときには、朝倉かすみさんにとても親近感を抱いていたもので、ふたつ返事でお引き受けしてしまった。共通点が多い方だと思っていた。お目にかかったことはないが、すでに心の中ではかすみ姐《ねえ》さんと呼ばせてもらっている。

まず、お互いに北海道の出身であるということ。あとは……北海道で生まれた。それから……北海道で育った。北海道でいろいろあった……。あれ……それくらい？　そあらー、ただの北国つながりしかなかったか……。

北海道といってもかすみ姐さんは札幌。私が居た十勝のはしっことは東京と名古屋くらいは離れている。恋の街札幌と、じゃがいもとウシの十勝とでは生活も文化もまったく違うのだ。私は札幌に対しては、東京に住んで三十年経《た》つ今でも憧《あこが》れの街という印象しか持っていない。札幌の女子短大生ともなると、おやつなどもフォークで食べるのだろう（うちのほうはケーキでも手摑《てづか》みだった）。

解説などという畏《おそ》れ多いことはお断りしようと心に決めながら、かすみ姐さんの作品から教わった語句の数々を思い出した。文学少女だったのであろう語彙《ごい》力の高さ。同じことを著すのに「契《ちぎり》を交わす」、「わけを立てる」、「睦事《むつごと》」、「肌を合わせる」、「すそを割る」などと絶妙な使い分けをし（私がこの手の言葉に敏感なだけで、本当はこんなもんじゃないのだけど……）、読者のみなさんの自己PRで「好きな作家」として名を挙げられるにふさわしい作家であることを証明しているのだ。私の「交わる」「合体」「やっちゃった」という語彙力とは比べるのも憚《はばか》られる違いだ。かすみ姐さんは雲のうえのお方。足もとにも及ばないお方だ。

やはりお断りしようと思いつつ本書を読ませていただくと、まずハムスターの可愛《かわい》さに共感した。主人公が飼っている「枇杷介《びわすけ》」というゴールデンハムスターはかぼちゃの種を「チョーダイチョーダイ」する。あの黒くて丸いキラキラの瞳《ひとみ》で見つめられると、体にわるいとわかっていてもつい餌《えさ》をやりすぎる。ぼってり太ったお尻《しり》が手のひらの上であったかく、いやがる「きなこ」をつかんでは、ふわふわの毛を顔じゅうに擦りつけて「めんこい、めんこい、めんこい」と可愛がっていたものだ。あ、「きなこ」というのは私が飼っていたハムスターなのだが。

その「枇杷介」とも家族とも別れ、吉田苑美《そのみ》は二十三歳で上京する。勤め先で知ったエノマタさんという四十代の男性を追ってだ。相手は自分のことを認識していない。しかし吉田のほうはエノマタさんのことをいつも観察していた。

好きになる瞬間に理由はない。気がつくと好きになっているものだ。そしてそのひとのことを何でも知りたくなる。「おそらくローテーションを組んでいるであろうネクタイの総数と、それぞれの柄」を。「ネクタイだけでなく、スーツ、ワイシャツ、靴下、靴、肌寒くなってから着始めたチョッキなどなど、エノマタさんのワードローブ」を。「お昼休みにエノマタさんが好んで食べるコンビニ、中華料理屋さんごとのお弁当の種類とランキング」を。「エノマタさんが職場でのむコーヒーやお茶の統計」を。とにかく何でも知っておきたい。たとえストーカーまがいのことをしてでも知りたいのだ。多かれ少なかれ、恋のはじまりはストーカーのような心理状態になる。それが年齢的に遅く開花した恋であるほど想《おも》いが募り歯止めが効かなくなるということだろうか。

吉田の場合も、エノマタさんを追って北海道から東京に引っ越してしまう。そしてそれだけで終わらせず、着々と計画をたて実行に移す。エノマタさんに近づき、自分の存在を知ってもらい、言葉を交わし、ついには部屋にあげてもらう。「部屋に連れて行って欲しいとだだをこね」「歩道にしゃがみ込み、連れて行ってくれるまで、ここを動かないといい張った」。

そんな彼女に、寒冷地育ちの女の逞《たくま》しさを感じる。それまでのストーカーまがいのリサーチ時期がすぎて、お互いの気持ちは通じ合っているようなのに、彼には誘う勇気がなさそうだ。ならば、ここは自分から誘うしかない。そんな状態での帰り道でのことだ。

北海道の女はここぞと思うときにはちゃんと口に出して、ストレートに気持ちを伝える。もったいぶって、屋外でぐずぐず駆け引きをしているうちに、真冬の北海道では凍死してしまうからだ（違うか……）。とにかく、「寒いからいったん部屋に入るかい」という男女のきっかけは、昔からよくあった。外で抱き合ったりチューしたりというシチュエーションは、そういえば北海道ではあまり発想しなかった。だって寒いから昼だってかっさかさに乾いている（これも違うか……）。

吉田は晴れてエノマタさんの部屋にあがり、「同衾《どうきん》」にもちこむ。二十三歳にして（決して遅くはない）初めての「睦事」のあとの彼女の「じーん」の描写は同じように体が熱くなるほど素晴らしく初々《ういうい》しく、素直でありながら品良く表現されていてうっとりするほどだ。

しかしやはり、「付き合うにつれ、『その気』がだんだんと失せていった。」「知ってしまったエノマタさんを、わたしはどうしても欲しいと思えなくなって」いった。お互いにちょっとした誤解もあった。エノマタさんが吉田のことを、自分の好きな匂《にお》いがする子と記憶していたのは吉田の友人だったし、吉田がエノマタさんの元カノのものと思っていた家具や食器は、前の住人のものだった。それは誤解のままだったが、それも気にならなくなるほど「どこまでいってもエノマタさんはエノマタさんだと思うようになっていた。」

これが誰でも通過する現実だ。吉田ははじめての恋愛だったのだから、ここはいい経験だったと引き返すのも勇気だろう。それでこそ北海道の女だ。なにしろ彼女は「ささやかなしあわせ」という言い回しが嫌いな女だ。「そこに落ち着くのが『いちばんいい』ことくらい分かっている。だが、たどり着くまでに、もうひとあばれしたっていいではないか。」

そう考える吉田に私は拍手を送りたく、同郷であることを誇らしく思った。

彼女は失恋したと女々しく泣き続けるようなことはしない。きっちり男性を好きになり、追いかけ、徹底的にやるだけのことはやった。ひととおりのことは経験して、恋愛は始まる前がいちばん楽しいということも知った。今度は熱のある男性に強く愛されたいかもしれないが、彼女が好きになるのはきっとまたエノマタさんのような草食男性なのだろう。そんな気がする。でももうストーカーまがいのことはしなくて済むはずだ。

そしてエノマタさんという四十代独身、転職をして薄給の男の気持ちもわからなくもない。「どうしようかなあ……」と、北海道に帰ろうとする吉田を、引きとめなかったエノマタさんには、まったく、「とうへんぼくで、ばかったれ」なんだから！と責めたくなったが、それがエノマタさんなのだ。彼女をそこまで好きになれるほど自分に自信が持てず、彼女の方から離れていくことを、どこかで望んでいたのだから、ほらね、やっぱりねと鼻歌さえも出てしまう。勝手に近づいてきて、勝手に去っていくだけさと、傷つかない方法も身につけてしまっている。そして四十代の独身男性仲間と連れだって吟行《ぎんこう》などに出かける。みんな、あと十年は結婚しないだろう。

ストーリーとしてはあえて奇を衒《てら》わず正当な話にしてあるがそれがむしろ生きている。そこに至るまでの心理描写と女ともだちとの会話がまさに、かすみ姐さんの真骨頂。抜群のユーモアセンスなのだ。

短大時代からの友人「前田」。彼女は実に味があり面白く魅力的だ。どこで仕入れたのだろうと思うほど、寅《とら》さんの地口のような、健さんの台詞《せりふ》のような、志ん生の落語のような喋《しゃべ》りで爆笑させてくれる。それとやり取りする吉田もまた漫才の相方のような呼吸で返す。
吉田が上京するにあたり前田ともめているところからちょっと引いただけでも、
前田「手もと不如意《ふにょい》のあんたが無理して東京に行ったら、あっという間に食い詰めるに決まってるよ」
吉田「それくらいの察しはついてるよ」
前田「貯金はいくらなんだよ」
吉田「百万ちょっと切るくらいだ」
前田「驚き桃の木だよ」
という具合だ。こんなオヤジのような会話を二十三歳の女性がしていると考えただけで可笑《おか》しくてお腹《なか》が痛くなる。からっとしているのに情がある、これも北海道の女同士に多い関係だろう。
そうした「北海道あるある」もツボだった。土産には海産物を持ちたがる（「前田はどうしても手土産——それも海産物——を持ってきたいのだ」）。筋子とイクラ、どっち派か気になる（「筋子が好きですか？」「イクラのほうがいいですか？ それとも切り身？」）。寒い時期は素麵《そうめん》を煮麵《にゅうめん》にする（「二月も三月も煮麵だった。四月以降は素麺のような気がする」)。などなど、道民にしかわからないくすぐりだ。

しかしながら、レベルの高い作品を人間技とは思えない速度で量産できるかすみ姐さんの才能は、全国区であることは間違いなく、やはり同郷であるだけの私が解説をすることなどおこがましい。なので、お断りしようと思うのだが、あれ、けっこう書いちゃった?

(平成二十七年五月、講談師・小説家)

この作品は平成二十四年五月新潮社より刊行された、『とうへんぼくで、ばかったれ』を改題したものである。

「けだし君かと」に引用している「和歌」の現代語訳については、齊藤嘉廣氏のサイト「万葉集遊楽」(http://manyuraku.exblog.jp/)を参考にさせていただいた。

新潮文庫最新刊

湊かなえ著
絶唱
誰にも言えない秘密を抱え、四人が辿り着いた南洋の島。ここからまた、物語は動き始める――。喪失と再生を描く号泣ミステリー！

朝井リョウ著
何様
生きるとは、何者かになったつもりの自分に裏切られ続けることだ――。『何者』に潜む謎が明かされる、発見と考察に満ちた六編。

重松清著
きみの町で
旅立つきみに、伝えたいことがある。友情、善悪、自由、幸福……さまざまな「問い」に向き合う少年少女のために綴られた物語集。

七月隆文著
ケーキ王子の名推理《スペシャリテ》4
パリ旅行に文化祭――そして、ついに告白!? 夢に恋に悩むとき、甘～いケーキは救世主。世界に一つだけの青春スペシャリテ第4弾。

京極夏彦著
今昔百鬼拾遺 天狗
天狗攫いか――巡る因果か。高尾山中に端を発する、女性たちの失踪と死の連鎖。『稀譚月報』記者・中禅寺敦子らがミステリに挑む。

高田崇史著
卑弥呼の葬祭
―天照暗殺―
邪馬台国、天岩戸伝説、天照大神。天岩戸伝説に隠された某重大事件とは。天皇家の根幹に関わる謎とは。衝撃の古代史ミステリー。

恋《こい》に焦《こ》がれて吉田《よしだ》の上京《じょうきょう》

新潮文庫　あ - 85 - 1

平成二十七年十月一日発行
令和元年六月三十日二刷

著者　朝《あさ》倉《くら》かすみ
発行者　佐藤隆信
発行所　株式会社新潮社
郵便番号　一六二—八七一一
東京都新宿区矢来町七一
電話　編集部(〇三)三二六六—五四四〇
　　　読者係(〇三)三二六六—五一一一
http://www.shinchosha.co.jp

価格はカバーに表示してあります。

乱丁・落丁本は、ご面倒ですが小社読者係宛ご送付ください。送料小社負担にてお取替えいたします。

印刷・株式会社光邦　製本・株式会社植木製本所

ISBN978-4-10-120131-3 C0193